La noche es virgen

Jaime Bayly (Lima, 1965), tras ejercer el periodismo desde muy joven, inició su carrera de escritor en 1994, con *No se lo digas a nadie*. Otros libros suyos son *Fue ayer y no me acuerdo* (1995), *Los últimos días de La Prensa* (1996), *La noche es virgen* (1997), *Yo amo a mi mami* (1998), *Los amigos que perdí* (2000), *La mujer de mi hermano* (2002), *El huracán lleva tu nombre* (2004), *Y de repente, un ángel* (2005), *El canalla sentimental* (2008), *El cojo y el loco* (2009) y la primera entrega de la trilogía *Morirás mañana*, *El escritor sale a matar* (2010). Sus libros han sido traducidos al francés, italiano, alemán, danés, mandarín, griego, portugués, hebreo, coreano, holandés, polaco, rumano, serbio y húngaro. Ha ganado el Premio a la Mejor Novela Extranjera Publicada en España otorgado por la Comunidad de Galicia con *Los últimos de La Prensa* en 1996 y el Premio Herralde con *La noche es virgen* en 1997. Además ha sido finalista del Premio Planeta con *Y de repente, un ángel* en 2005. Roberto Bolaño escribió en la revista española *Lateral* de mayo de 1999: "El oído más portentoso de la nueva narrativa en español. Qué alivio leer a alguien que tiene la voluntad narrativa de no esquivar casi nada. No dudaría en calificar la prosa de Bayly de luminosa".

COLECCIÓN **Jaime Bayly**

La noche es virgen

punto de lectura

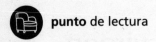

punto de lectura

© 1997, Jaime Bayly
© De esta edición:
2011, Santillana USA Publishing Company, Inc.
2023 NW 84th Avenue, Doral, FL 33122
Teléfono   (1) 305 591 9522
Fax   (1) 305 591 7473

La noche es virgen
Primera edición: Junio de 2011

ISBN: 978-1-61605-708-4

Diseño de cubierta: Juan José Kanashiro

Published in The United States of America

Printed in Colombia by D'vinni S.A.

13 12 11   1 2 3 4 5 6 7 8 9 10

La noche es virgen

Esa locura repentina

No se suponía que este libro fuese publicado nunca.

Cuando lo escribí, estaba seguro de que no debía ser publicado. Pero cometí el error de enviárselo a mi agente en Barcelona. Le dije: *He escrito esta cosa impresentable, está claro que nadie tendrá interés en publicarla.* Eso estaba claro para mí, pero no para mi agente.

Sin consultarme, mi agente presentó el manuscrito a un premio.

Una mañana llegué de un largo vuelo a mi casa en la isla y encontré un montón de mensajes en el contestador. Todas eran voces españolas. Todos me felicitaban por el premio que había ganado.

No entendí y me fui a dormir.

Cuando desperté, escuché los mensajes de mi agente, amonestándome por no atender a la prensa española, y entendí todo.

Una vez más, comprendí que las mejores cosas son las que no planeas y las que incluso habías planeado que no debían ocurrirte.

No sé si esta novela es buena o mala. Sé que la publicó en España una editorial de prestigio. Sé que ganó un premio que goza o gozaba de cierta reputación. Pero eso no necesariamente la hace buena. Muchas novelas malas e incluso malísimas ganan premios y son publicadas.

Solo sé que yo escribí esta novela pensando que nunca debía publicarse. Y sé también que la escribí volviéndome loco. Nunca me he sentido tan cerca de enloquecer como aquellos días en Georgetown escribiendo esta novela. La escribí sin pensar, sin calcular, sin detenerme a corregir, sin saber adónde me llevaba esa locura repentina que se había apoderado de mí. Ahora echo de menos sentirme así de loco. No volvió a pasarme más. No creo que vuelva a pasarme.

Pero cuando pasó, recuerdo que un número incierto de personas habitaba en mí y hablaban en voz alta desde mis entrañas y esas personas me hacían decir disparates, procacidades, blasfemias, cosas que me hacían reír.

No exagero si digo que escribí esta novela al mismo tiempo que hablaba con toda la gente que se había instalado en mi cabeza, y temiendo que cuando terminase de escribirla me quitaría la ropa y saldría a caminar por las calles de Georgetown sin recordar quién era yo.

No tendría que haberla terminado. Debería haber seguido escribiéndola en trance delirante hasta terminar de enloquecer sin acabar nunca la novela.

Key Biscayne, marzo de 2011

A mí mismo, aunque no lo merezco.

A veces tienes que ser una puta para que las cosas se hagan como tú quieres.

MADONNA,
The Rolling Stones Files

Dos personas besándose siempre parecen pescados.

ANDY WARHOL,
Mi filosofía de la A a la B y de la B a la A

I

a mariano lo vi por primera vez en el cielo. era un jueves por la noche. yo estaba con jimmy. me encantaba salir con él. era tan guapo, tan dulce, solíamos fumar harta marihuana juntos, fumábamos dando vueltas en su carro por miraflores y san isidro. jimmy tenía un vw blanco con un pique maldito. siempre ponía música excelente: sting, peter gabriel, winwood, paul simon. era riquísimo escuchar esa música a todo volumen, mirar el perfil risueño de jimmy, ver pasar las calles de lima. volábamos. nos escapábamos un rato de la mierda de lima.

esa noche, para variar, habíamos fumado. yo me ponía muy tímido cuando fumaba, más tímido de lo que normalmente soy. apenas me atrevía a hablar, cuando estaba estón, solo me gustaba mirar, escuchar. prefería no hablar. me quedaba mudo, evitaba las palabras, hablaba y al toque sentía que había dicho una estupidez.

me sentía muy tímido después de fumar marihuana. era inevitable.

el cielo no estaba muy lleno cuando llegamos jimmy y yo. en la puerta había un chiquillo medio extraterrestre que siempre me saludaba con el debido respeto. me daba la mano (y le sudaba la mano), me felicitaba efusivamente, me hacía alguna broma pendeja. no era espeso el chiquillo. era buena gente. nunca me cobraba (tenía criterio). esa noche tampoco me cobró.

lo primero que veo en el cielo es una densa nube de humo. todo el mundo está fumando a morir. no hay mucha gente, pero el sitio está cargado de humo. aborrezco el humo. me irrita los ojos, la garganta. me deja el pelo apestando horrible. pienso: *¿no saben todos estos huevones que se están llenando de cáncer los pulmones o qué?* no importa. no te amargues la vida, chino. estamos en el perú. cógelo suave. y ríete con jimmy. jimmy sabe vivir en el perú. no se complica por cojudeces. vive el día, el momento. no se amarga la vida pensando que hay que irse. yo sí. todo el día pienso que esto es una mierda, que me voy a ir pronto de aquí.

entramos al cielo. yo voy con la cabeza agachada, como escondiéndome. no quiero que me reconozcan, que me pasen la voz. aunque solo sea por hoy, les ruego que no me jodan: yo no soy el payaso que sale en televisión. yo soy medio gay y bien fumón y no tan disforzado como me ven en la pequeña pantalla. si no lo saben, la tele está hecha para los grandes mentirosos (como yo).

jimmy no me dice nada, pero sabe perfectamente que quiero ir por la sombra. él también camina medio agachado, y no para evitar que alguien lo reconozca sino porque él es así, tímido, y además altazo. yo soy alto, pero jimmy es más alto que yo. jimmy es realmente alto. si quisiera darle un beso —nunca he pensado seriamente en darle un beso, pero ahora que lo pienso, qué rico sería—, tendría que empinarme un poquito.

nos apoyamos en la barra, más bien timidones, de espaldas a la gente. hay unos chicos desaliñados tocando en vivo. no suenan tan mal: digamos que no agreden los oídos. a veces suben a cantar unos impresentables que, la verdad, no sé qué se alucinan: en esos casos uno recuerda con nostalgia al incomprendido rochabús. pero los de esta noche suenan bastante mejor. se dejan escuchar. tengo cierta urgencia por voltear a verle la cara al chico que está cantando. pero no, todavía no. no quiero cruzar miradas con nadie. no quiero que algún cretino me pase la voz y me pregunte *oye, compadre, cuenta pues cómo fue que le dijiste loco al huevón de alan.* que te lo cuente alan, amiguito.

en la barra está el tipo de siempre, un gordo con una cara brava de coquero. no es por ser canalla, pero qué feo eres, tío. deberías hacer una máscara con tu cara y venderla en halloween. créeme: te llenarías de plata. pero es buena gente el gordito. siempre anda con su camisa medio abierta y su lapicerito de oro (que no pinta) en el bolsillo. ¿de quién te habrás robado ese lapicero, cara de chancho? el gordito me ve. me saluda. me hace así nomás con los ojos. ya sabe que me joden los abrazos. ahora se acerca. es bajito, jorobado y bien panzón. se va a morir pronto, seguro. no es tan viejo, pero ese tipo no dura. bien difícil que alguien extrañe a ese coquero de campeonato.

jimmy pide una cerveza. yo, cocacola. *puta, gabrielillo, no seas cabro, pídete una chela*, me dice jimmy. *no, jimmy, yo paso, cocacolita nomás. ¿por qué, choche?, no seas cabrini. no me gustan las chelas, jimmy. puta, quién te entiende, gabrielillo. cocacolita más sabroso, jimmy. tú sabrás, gabrielillo, tú sabrás.*

yo solo sé que tú me gustas, jimmy. pero eso no te lo digo. porque no quiero joderlo todo. hay cosas bien de adentro que por ahora prefiero no decirte. en cuanto a la cerveza, una muy peruana institución, yo paso. que chupen los borrachos. yo, loco cocacola. ya sé que los malpensados piensan *este no chupa porque es rosquete y cuando chupa se le chorrea el helado.* pero no es por eso, corazón. no chupo porque se me cruza con la marihuana y me manda al carajo. lo que me gusta es estar estón, bien estón, no borracho.

el gordito nos sirve los tragos. sirve bonito, cariño, ¿qué te pasa?, ¿estás estreñido o qué? *¿cuánto es, míster?*, le pregunto. *cinco lucas*, me dice. yo sé que le jode que le digan *míster*. por eso le digo *míster*. le jode que le digan *míster* porque es blancón y en su puta vida se imaginó que iba a terminar de cajero en un *pub* de miraflores donde van los chiquillos fumones a dárselas de rockeros. él sabe que es un perdedor, que sus patas del colegio le han dado vuelta y media, vuelta olímpica, y por eso le hincha las pelotas que venga un flaquito blanquiñoso y recontraestón a decirle *¿cuánto es, míster?*, así, con una risueña carita de jodedor. por eso te digo *míster*, cara de chancho. para hacerte sufrir. y cóbrate. *yo pago, jimmy: por el placer de estar con usted, maestro. gracias, gabrielillo, contigo no se puede, pues, tú siempre te adelantas.*

es cierto: yo siempre pago cuando estoy con jimmy. no me gusta que él pague la cuenta. jimmy es superordenado, ahorra su platita, se compra su televisor de no sé cuántas pulgadas (y después mide las pulgadas para asegurarse), se va a esquiar a portillo, se corre la paja tres veces por semana, medido, martes, jueves y sábado. jimmy es un tipo que sabe lo que quiere. yo no. yo no sé cómo hago para agenciarme tanta plata, pero siempre tengo bastante efectivo para gastar en marihuana y en los tragos que se chupan los tiburones de mis amigos. por cierto, tú no eres uno de ellos, jimmy. tú eres un caballerazo, pero hay otras pirañas que me sangran. como el desalmado de matías, que es tan agarrable. (otro día hablo de ti, matías. hoy no. hoy no atiendo provincias).

total, me tomo un traguito de cocacola, qué rico, por fin me mojo la garganta. cualquiera que se haya fumado un rico troncho sabe que da una sed del carajo después. a mí me urge tomar algo bien heladito cuando he fumado hierba. se me secan la garganta, la lengua, los labios. seseo como diputado de provincias. jimmy también. pero qué diablos, todo sea por estar estones, por olvidarnos que la vida en lima es una puta mierda.

siguen cantando los chiquillos rebeldes. no suenan nada mal. quiero echarle una miradita al chico que canta. Volteo. maldición, qué impresión. me quedo pegado. me gusta. me gusta mucho. no sé si es porque estoy estonazo, pero me gusta mucho/demasiado el chiquillo que está cantando.

ahorita es como si te estuviera viendo, mariano: eras flaco, pelucón, tenías un pantalón de cuero negro, ajustadito, y una camisa de seda negra, bien chorreada, y estabas todo sudado, y te divertías rico ahí arriba cantando esas canciones matadoras que habías escrito con un kilo de marihuana en la cabeza, y veías a los quince o veinte pusilánimes que te mirábamos endiosados y te alucinabas bono, el de U2, esa noche embrujada en el cielo.

confieso que me gustaste a morir, mariano. te vi y dije *este chiquillo es un lunático pero está para morderlo por todas partes.*

estabas divino, corazón. flaquito, tipo amante de kate moss que desayuna un rico pinchazo de heroína; blancón/paliducho, porque no vas a la playa (y no porque te cuides del jodido sol que te llena de arrugas sino porque no tienes carro para llegar al mar); conchudazo en fin. me encantó tu concha olímpica. me fascina la gente descarada y coqueta. y tú tenías una gran concha, mariano. al toque me di cuenta. cómo les movías la pinga a las hembritas que te miraban fascinadas. tú sabías que estábamos mirándote con (crecientes) ganas. yo tenía la garganta reseca de tanto mirarte/desearte.

para no hablar del pantaloncito negro: qué malo eras, chico de la calle. provocabas demasiado con el paquete bien apretadito, bien marcadito. y por favor no me digas que te pusiste ese pantalón de casualidad. cabrón, bien que te debes de haber probado cien pantalones antes de ponerte ese de cuerina, el que más puto te hacía sentir.

precisamente por eso me gustaste tanto, mariano, porque saltaba a la vista que eras un puto salvaje. y porque cantabas maldito. no es por nada, pero he de decir ahora que cantabas realmente bien. no como ciertos despistados que solían cantar en el cielo, que por mucho que trataban, igual ladraban. tú no, mariano: tú estabas en algo, en algodón.

sin darme cuenta ya estaba moviéndome con tus canciones aguerridas. jimmy también. es que jimmy vive para la música. le pones una canción rica y al toque se conecta, se mueve. es un cague de risa jimmy. buenísima gente. (te extraño un culo, jimmy boy. cualquier día te escribo).

canta bien este patita, le dije a jimmy. *está en algodón*, me dijo él. *tiene un aire al pelucón de* U2, le dije. por dios que tenía un aire a bono. esa pinta inequívoca de poeta malandrín, esa astucia gatuna, esa melancólica resignación del que sabe que la felicidad solo dura cinco minutos y se llama tirar con tu amor. *no te pases, gabrielillo, no alucines tanto*, me dijo él. yo sonreí nomás. me sentí un poco tonto. ya les dije: cuando he fumado marihuana, hablo y enseguida siento que he dicho una piedra.

bottom line is, me gustaste, mariano. posé mis ojos en ti y me derretí (a veces pienso que debería escribir poemas, corazón). yo no creo en el amor a primera vista, pero tengo sobradas evidencias de que la arrechura a primera vista existe (y excita). y contigo fue eso: te vi y me arrechaste a morir. porque en lima no había muchos chicos como tú. los chicos en lima eran todos bastante iguales. cuadrados, cabezaduras, monazos. tú no. tú eras un descarado, un coquetón. sabías que estabas matador y movías el culo como un demonio. qué rico estabas, mariano. yo te miraba y se me resecaba la garganta y tomaba más cocacola y pensaba *qué ganas de lamerte el cuello, guapo, qué ganas de sacarte ese pantaloncito negro y hacerte maravillas.*

y tu pelo. me encantó tu pelo. lo tenías largo, des-
ordenado, cayendo libre y rebelde sobre tus hombros. te
quedaba regio. te daba un aire andrógino, como de hembrita confundida, que ya entonces empezaba a estar de
moda. ¿por qué coño será que me gusta siempre la gente
confundida?

la cosa es que me atrapaste, mariano. yo no sé si jimmy
se dio cuenta, pero yo no podía dejar de mirarte. te miraba
y me decía *tienes que conocerlo, gabrielín, tienes que hablarle
como sea*. y me sentía bien gay. porque tú sabes que cuando fumo marihuana me siento supergay. no puedo evitarlo.
por eso me gusta tanto fumar. porque saca al gay que llevo
dentro y me recuerda que me gustan los chiquillos guapos y
coquetos y pelucones y descarados como tú, mariano.

pero todavía no sabía que te llamabas mariano. no
sabía nada de ti. solo sabía que quería conocerte, que tenía
que conocerte.

de repente dejaste de cantar, dijiste *vamos a hacer un
intermedio, necesito un trago*, y dejaste el micrófono y ba-
jaste de un salto y viniste de frente a la barra. yo seguía
mirándote. (no sé si te diste cuenta, jimmy boy, pero esa
noche yo a ti te dejaba por ese flaco maldito). yo seguía
mirándote, mariano, y tú venías caminando rápido, conchudazo, arreglándote el pelo, oliéndote el alacrán, alu-
cinándote un bacán. te sentías una estrella, huevón. pero
bien por ti. porque yo te miraba y me derretía. te juro que
esa noche me sentía más cabrini que nunca. todo por tu
culpa, mariano, marciano, rockerito de miraflores.

ahora estás en la barra, a mi lado, sudando, jadeando,
sonriendo. sabes que estoy allí, sabes que me tienes en el
bolsillo. no me miras. me castigas, malvado. yo tampoco
te miro. no quiero hacer escenas de amor venezolanas delante de jimmy. jimmy es un caballero. nada de mariconadas delante de él. respetos guardan respetos.

se te acerca un mozo. no el cerdo de la caja sino un patita joven, morenito. simpático el patita. todo el día está riéndose. siempre me ve estonazo y, cómplice, se muere de risa conmigo. a lo mejor él también está estonazo. *necesito una chela con urgencia*, le dices al mozo. *pero urgente, por favor, y bien heladita*. *listo, hermanito*, te dice el mozo, y va a traerte una cerveza.

entonces me miraste con infinita indiferencia. yo estaba con mi saquito negro y mis anteojitos de intelectual y mi *blue jean* que apestaba a marihuana y mis zapatitos timberland que ya estaban de última. y tú me preguntaste *¿qué tal está el concierto?* y yo te miré con mis ojos rojazos, estonazos, chinazos, y te dije *buenazo, buenazo*. y nos miramos, y sonreímos, y sin duda te diste cuenta de que yo estaba voladazo, y creo que sentimos que había algo fuerte ahí entre nosotros, algo que yo sentí desde que te vi cantando y bailando en ese crujiente tabladillo de mediopelo. *¿franco, franco, o me estás cojudeando?*, me preguntaste, sonriendo. *en serio, está buenazo, de lejos mejor que los náufragos que suelen cantar aquí*, te dije, y tú te cagaste de risa y tomaste tu cerveza, y el chancho de la caja creo que me escuchó y me miró con su cara de crápula. abre tu pan, gordito, abre tu cajita registradora y cuenta tu plata nomás, no choques conmigo, ¿ya?

voy un ratito al baño, gabrielillo, tengo que achicar, me dijo jimmy, y se fue al baño. *tú siempre tan atinado, jimmy*, pensé yo. porque lo que quería era quedarme un ratito a solas con mariano. no sabía bien para qué, pero eso era lo que yo más quería, sin duda. jimmy se metió al baño agachándose un poco, porque ya les he dicho que él era altazo.

¿te quedas hasta el final?, me preguntó mariano, y chupó su chela espumosa. *de todas maneras*, le dije. *a ver si hablamos*, dijo él. *cojonudo, me encantaría*. *bueno, nos vemos,*

tengo que ir afuera un ratito a ponerme las pilas, dijo él, y se quitó con su chela. caminaba rápido, moviendo el culo con notable estilo. yo volteé y lo miré. estaba buenazo.

al ratito regresó jimmy. suerte que no se me acercó nadie a hablarme cojudez y media. siempre hay un cretino en el cielo que se me acerca y me habla piedras y me da consejos y termina pidiéndome unas líneas de coca. pero esa noche tuve suerte. me quedé solo, me pedí otra cocacolita y al toque regresó jimmy. no crean que jimmy había ido al baño a jalar coca. no, jimmy es un caballero. solo fuma hartos tronchos. nunca en su dulce vida se ha metido tiros. la verdad, yo no sé cómo hace. yo he jalado kilómetros de coca a su lado y jimmy, imperturbable, tranquilo como operado. eso sí: no le quiten la rica marihuana, que ahí sí están chocando con él. ah, carajo, jimmy fuma tronchos que da miedo. todos los putos días de dios. por eso lo quiero tanto. porque es guapísimo y porque le encanta la marihuana y porque no es un machazo/achoradazo/brutazo como casi todos los chicos de lima.

vamos a sentarnos, por ahí hay una mesa vacía, me dijo jimmy. *listo*, le dije. caminamos discretamente, yo agachando la cabeza, como pidiendo perdón por ser el chico famoso de la tele, y nos sentamos en una mesita redonda, de madera, bien paticoja la verdad. pero estamos en lima, pues, ¿qué más se puede pedir? y si no te gusta cómo es la horrible, arráncate a miami y púdrete con todas las gordas en zapatillas y mallas fucsia que se meten al *mall* de dadeland a arrancharse las cosas en *sale*.

la verdad, ya no me acuerdo bien de qué hablamos jimmy y yo mientras esperábamos a que regresase el pendejo de mariano, que seguro estaba fumándose un troncho descomunal en plena vía pública. a lo mejor hablamos de nina, la hembrita de jimmy. es que el pobre vivía templadazo de nina, pero ella era una lobaza que le sacaba la

23

vuelta con los malogrados de punta hermosa, y él, tranquilo, caballero, asimilaba el golpe y seguía cagándose sin remedio por ella. porque así es el amor, pues: tú te enamoras y estás perdido, no hay *pero* que valga. o a lo mejor hablamos del depa que yo acababa de comprarme en el malecón. ya no me acuerdo. da igual. la cosa es que jimmy y yo nos sentamos y hablamos cualquier frivolidad y seguíamos chinazos, y jimmy se reía de cualquier disparate que yo decía, porque él era así, me tenía gran aprecio, me quería a forro, me decía *eres un loco de mierda, gabrielillo*, pero me lo decía con el corazón. yo lo adoraba al jimmy boy. todavía lo adoro. y no es que me hubiese enamorado de él. cojudeces: lo quería como a mi hermano del alma, como a mi amigazo de fumar tronchos y escuchar juntos su música de putamadre en su vw pitito y correlón.

en eso, *zum*, otra vez los pantalones de cuero negro. mariano dio un salto y ya estaba de vuelta en el escenario. no sé qué coño se había metido el energúmeno este, pero estaba pilas, embaladazo. agarró el micrófono, le dijo algo al chato bucanero que tocaba la batería y se arrancaron con una canción movidaza.

mariano se movía como una culebra. por dios que parecía una culebra. bailaba como un dios el cabrón. yo, valgan verdades, nunca he bailado demasiado bien. admiro a la gente que baila bonito. para qué, mariano bailaba regio. y no cantaba nada mal.

así estuvimos un rato largo. mariano, coqueteando con todo el puto cielo. yo, agonizando por él. y jimmy, tranquilo, chino de risa, bajándose su cervecita, vacilando su jueves por la noche en el cielo, tratando de olvidarse de que la pendeja de nina le estaba sacando canas, condenada. tranquilo, jimmy, todas son así, todas son unas mañosas resabidas, y estamos jodidos porque ellas nos tienen agarrados de los huevos (incluso a mí, que soy gay, pero que cuando veo a un hembrón pierdo la cabeza y me la quiero tirar sin condón).

yo no sé si jimmy se dio cuenta de que yo estaba fascinado con mariano. no sé. algo me dice que sí, porque al rato nomás miró su reloj y me dijo *bueno, gabrielillo, vamos zafando, mañana tengo que levantarme temprano.* y entonces yo le dije *creo que yo me quedo, jimmy.* y él me miró y se rió solito y me palmoteó la espalda y me dijo *vacílate, chino.* y se paró y zafó así nomás. porque así era jimmy, de pocas palabras. yo nunca le había contado mi lado gay, pero ahora creo que él sabía cómo era la cosa conmigo. y no se hacía problemas. igual éramos amigos del alma. no sabes cuánto te quiero, jimmy. creo que nunca llegué a decírtelo. y ahora te extraño horrores.

al ratito que se fue jimmy, mariano dejó de cantar. hizo un par de bromas mañosas, agradeció y zafó del escenario. lo aplaudieron un culo. éramos cuatro gatos, pero aplaudimos fuerte. y él, como si con él no fuera la cosa, castigador, puso primera, se arrancó a la barra, pidió otra cerveza y que nos cache un burro ciego. bien por ti, mariano, bien por ti: el mundo es de los que saben despreciar a las mayorías.

yo seguía sentadito con mi cocacolita ya tibiona y con las piernas temblándome porque cuando había fumado mucha marihuana me venía la maldita tembladera y no podía evitar que me temblasen las piernas sin cesar, pero no de miedo sino de los puros nervios, y en buena cuenta sufría pensando que mariano se iría del cielo sin acordarse de mí.

prendieron las luces. los chicos de la banda empezaron a desarmar sus aparatos, a desenchufar los cables, a organizar la penosa retirada. la gente empezó a zafar. las hembritas miraban a mariano putísimas, con el orgasmo contenido en los ojos, pero las muy ladinas se iban bien agarraditas de sus enamorados, por aquello de más vale pájaro en mano.

casi todo el mundo se quitó de golpe. solo los coqueros se quedaron (nos quedamos). porque los coqueros nunca se van, a menos que los boten a patadas. y en el baño del cielo corría coca que daba miedo. bueno, no miedo, porque a mí la coca nunca me ha dado miedo. aunque, pensándolo bien, ahora sí, porque creo que si me meto una buena armada, como las de antes, por ahí me falla el corazón y buenas noches los pastores.

ahora mariano está en la barra con dos chiquillos de su banda. están cagándose de risa. yo no sé qué hacer. quiero estar con él pero tampoco quiero ser meloso. uno será medio gay pero tiene su orgullo, corazón. así que, caballero nomás, si me tiras arroz, me quito, mariano. y me paré y pensé *zafo, estoy haciendo una escena acá solito con mi cocacolita tibiona esperando a que mariano se digne acordarse de mí. uno tiene su orgullo, nena. zafo, total, él se lo pierde.*

pero antes de zafar pasé por la barra y me despedí del cara de chancho, que tenía una cara de amargado de putamadre porque ya quería cerrar la chingana y largarse a dormir al cuarto pulgoso donde seguramente vivía. *chau, míster,* le dije, todo cachaciento, y se lo dije bien fuerte a ver si mariano me escuchaba. porque el vividor de mariano seguía ahí en la barra chupando con sus amigazos, y yo, no hay derecho, sufriendo a mares.

y cuando ya me iba mordiendo el amargo polvo de la derrota, por fin mariano se acordó de mí. *oye, compadre, un ratito,* dijo, y se me acercó corriendo. yo paré en seco y puse cara de castigador y lo miré como diciéndole *¿qué quieres, chocherita?, ¿te has quedado sin billete para pagar tus chelas?,* pero él siguió caminando conmigo sin decir nada. salimos por las rejas tipo penitenciaría del cielo y mariano saludó al chiquillo extraterrestre de la puerta todo cachaciento. el chiquillo me miró con cara de *ampay, ya te vi flaquito, bien que te gusta comer tu pescado.* yo sonreí nomás como diciéndole *así es la vida, nene, ¿qué quieres que haga?: unos, como tú, nacen marcianos y otros, como yo, nacemos cabros.*

mariano y yo salimos a la calle y caminamos alejándonos del cielo. eran como las dos de la mañana y no pasaban muchos carros por miraflores, salvo los de esos policías siniestros que siempre dan vueltas a ver si se levantan una buena coima. no hacía frío, porque en lima nunca hace frío de verdad, pero soplaba ese vientecito traicionero que, si te agarra en polo de madrugada, te resfría seguro.

y mariano todo sudado y todo flaco y todo coqueto me dijo *déjame tu teléfono para vernos otro día.* y yo le dije *claro, me encantaría.* y él corrió donde el extraterrestre y le pidió un lapicero y regresó corriendo y apuntó mi teléfono en su mano y yo apunté el suyo en la mía.

me dijo *llámame* y regresó corriendo al cielo.

caminando hacia el carro que me ha prestado mi madre, mientras un vientecillo fresco me acariciaba la cara, pensé que no era imposible ser gay y ser feliz y vivir en lima (solo se necesitaba un poquito de marihuana).

II

por supuesto lo llamé al día siguiente. ni tonto: tenía su teléfono y me moría de ganas de conocerlo, de darle un beso, de sentirlo mío un ratito. porque ya dije que era muy difícil encontrar en lima a un chico tan deseable como mariano.

o sea que lo llamé. no muy temprano tampoco, porque uno tiene su orgullo y porque además yo muy temprano estoy en coma. a las ocho de la mañana estoy clínicamente muerto. no existo. vegeto. soy una planta. tengo pesadillas. sudo. pienso en mis enemigos, en toda la gente que odio (que no es poca). pienso que el mundo es un asco y que la vida es demasiado larga y que no voy a ser capaz de seguir escribiendo. pero después me quedo dormido de nuevo y me despierto a media mañana y ya me siento mejor, ya no veo las cosas tan negras, tan jodidas.

creo que lo llamé como a mediodía. yo todavía estaba en piyamita.

por entonces yo vivía en casa de mis padres. acababa de comprarme un bonito depa en el malecón pero aún no me había mudado. y tenía un cuarto en el segundo piso de la casa de mis padres. era una casa grande y vieja por el golf de san isidro. había ido a vivir allí porque mis padres no querían que yo siguiera patinándome mi plata en todos los pulgosos hostales donde había vivido. así que, caballero, me tragué mi orgullo y volví a la casa familiar de donde tantas veces me había largado pensando *aquí no vuelvo más*, y me acomodé en un cuartucho del segundo piso y amontoné mis libritos (la mitad robados) y puse mi televisor de catorce pulgadas sin control remoto que me había comprado para el mundial de españa (todavía me duelen los goles polacos) y me dediqué a vagar de lo lindo, porque eso, vagar, siempre me ha gustado bastante, mucho más que trabajar.

estábamos en que llamé a mariano a mediodía. yo en piyama, con mi chompita cusqueña porque en las grises mañanas limeñas hace un friecito desleal, marcando el número de mariano desde el teléfono privado de mi madre, pensando *bueno, qué chucha, mándate nomás, chino, no tienes nada que perder.*

me contestó su mamá.

qué tal voz de amargada tienes, tía. no te pases, doña, yo no tengo la culpa de que tengas el coño seco y que tu marido te haya dejado hace un chuchonal de años, *¿okay?*

me contestó la vieja y yo todo respetuoso le dije *buenos días, ¿está mariano por favor?*, y ella con una voz de amargada brava me dijo *¿quién lo llama?*, y yo pensé *¿y a ti qué chucha?, pásame con el puto de tu hijo y no jodas*, pero le dije con voz de flemático señorito inglés *de parte de gabriel*, y ella, ya con manifiestas ganas de joder, *¿gabriel qué?*, y yo pensé *gabriel qué te importa, necia, llama al fumón de tu hijo y deja de inflamarme las pelotas*, pero siempre educadito como me enseñó mi mamá *gabriel barrios*, y ella, ya con otra voz, ya más suavecita y amigable, ya con una vocecita tipo ay pero qué rica está mi mantequilla dorina, si está para chuparse los dedos, *¿barrios, el de la televisión?*, y yo *sí, señora, el de la televisión*, y de más está decir que me sentí un insigne cojudo, y entonces ella se me abrió de piernas y se me echó la muy puta, y en vez de hablarme con su primera voz aguardentosa me habló con una vocecita de beata-rompe-cojones, *un momentito, hijito, y qué gusto me da que mi hijo se haya hecho amigo tuyo, porque yo no me pierdo tu programa, todas las noches te veo por el canal cinco, está de lo más gracioso tu programa, oye, tremendo eres, haces cada pregunta que es para morirse de risa*, y yo *mil gracias, señora, mil gracias, ojalá podamos conocernos pronto*, pero en el fondo siempre pensando *ya cállate, vieja mamona, y pásame de una vez con mariano*, y entonces ella *¡mariano!, ¡mariano!, ¡mariano!,* gritando como un demencial papagayo, y luego a mí *un ratito que lo voy a ir a despertar, parece que todavía está durmiendo el bandido este*, y yo *mil gracias, señora, gusto de saludarla, pues*, y ella *el gusto es mío, hijito, y felicitaciones por tu programa, que está de lo más gracioso*, y yo *gracias, gracias*, y en el fondo *pon primera y arráncate nomás, tía, que ya estoy hinchado, hinchado hasta los cojones, de todas las viejas mañosas que me felicitan a morir y después me critican a la salida de misa de doce y en el fondo lo único que quieren es que se las cache un machucante fornido y pingón, y al diablo todas las cucufaterías aburridas que nos enseña el padre alcázar en maría reina, hija, porque no hay como comerse una rica pinga, al menos es mucho más divertido que escuchar el sermón del padre alcázar (que además debe de haberse comido kilómetros de pinga, digo yo).*

y entonces mariano se puso al teléfono.

antes de contestar tosió un par de veces, porque seguro tenía la garganta irritada de tanto haber fumado la noche anterior, y contestó con voz de dormido, dijo *aló* así como quien bosteza, como quien no quiere la cosa, como diciendo *¿quién carajo me llama a mediodía si a esta hora todos mis socios saben que yo todavía estoy durmiendo, rechuchas?* flaco/fumón/farandulero, despiértate, pues, que ya son las doce. deja de abanicarte las pelotas, haz algo por la vida, *get a life!*

31

y yo le dije con voz de tímido/estreñido *mariano, hola, soy yo, gabriel*, y me sentí supergay porque en el fondo solo lo estaba llamando para decirle *quiero hacerte cositas ricas, corazón*, y él me dijo *gabriel, ¿gabriel qué?*, y yo me sentí miserable, ay qué horror, me quiero morir, el malvado de mariano que tanto me alocó anoche en el cielo ya no se acuerda de mí, me quiero morir, que me levante en vilo un huracán grado 6 y que me lleve hasta key west, donde siempre hay miles de guapotes paseándose por la playa y mirándose sus ropas de baño (con nariz). qué ganitas de ir a key west a buscar fortuna, qué incontrolables ganitas de levantarme a un marchante bien puesto y debidamente aprobado en sus exámenes de sida.

entonces yo le dije así como quien no quiere la cosa (porque no fuera a pensar que me moría por él, tampoco-tampoco), le dije *¿no te acuerdas que anoche saliste del cielo y me diste tu teléfono y me pediste que te llamara?*, y recién entonces él me reconoció y salió de los quintos sueños y me dijo *ah, claro, tú eres el famoso de la televisión*, y lo dijo así, con ironía, graciosón el puto, y yo le dije *claro, claro*, y los dos nos reímos, y ya me sentí mejor, porque me pareció que de nuevo nos entendíamos, y que él ya sabía por dónde iban los tiros (y hablando de tiros, yo estaba segurísimo de que mariano era un coquerazo de campeonato, pero no quiero adelantarme a la historia, ya les cuento de la rica coca más adelante, cuando lleguemos a la parte en que mariano se me reveló como el gran pichanguerazo que yo estaba seguro que era).

¿en qué estábamos? ah, claro, en que mariano me dijo eso del famoso de la televisión, y los dos nos reímos, y entonces él me dijo *¿qué te pareció el concierto?* y yo pensé *no te pases, tío, está bien que hayas tocado bonito tus canciones melosas, está bien que les hayas movido rico la pinga a las cuatro chiquillas ansiosas que se sentaron en la primera fila del* *cielo, pero de ahí a decir que eso fue un concierto, no te pases, pues: concierto es lo que hace de vez en cuando mi adorada madonna, que sale al escenario con unas ganas increíbles de decirle al mundo «yo soy así, una puta con mucha clase, una puta-riquísima-millonaria-cabrona-que-cacha-con-quien-chucha-le-da-la-gana, y que además tiene una debilidad por los maricones guapísimos», y yo también, madonna, y por eso me caes divinamente, porque, como tú dices, eres un cuerpo de mujer con alma de hombre gay. te adoro, madonna, mandona, mamona, y no dejes que todos los gansos que te critican te bajen la moral.*

la cosa es que le dije *estuvo buenísimo tu concierto, mariano, lo hiciste realmente bien,* y él se dobló de risa con una risa bien cínica y me dijo *claro, choche, eso les dices a todos,* y yo me reí también, porque tenía razón, eso mismo les decía a todos, sobre todo en el programa de televisión, donde iba cada náufrago de la gramputa y cantaba sus huachafitas melodías amorosas (y ni siquiera cantaba porque en realidad lo que hacía era simular que cantaba mientras algún anónimo ganapán ponía el disco en el control), y después yo les decía *buena, hermano, excelente trabajo, bien jugado, realmente notable tu canción, se ve que tienes un gran talento, un brillante futuro artístico,* y en el fondo pensaba *putamadre, qué mentiroso eres, gabrielito, debería darte vergüenza mentir tanto en público.* y lo más penoso era que todos esos plumíferos se la creían y se alucinaban no sé qué chucha y me agradecían emocionados y mandaban saludos a sus noviecitas y encima me daban unos regalos inverosímiles. tontería y media me llevaban al programa: muñequitos, casetes piratas, tarjetitas perfumadas, politos cien por ciento polyester (escribo *polyester* y me dan ganas de vomitar, yo soy *one hundred percent cotton, darling*). y yo, por supuesto, no bien salía de la cochina televisión, lo primero que hacía era donar todos los regalitos al guardián de mi edificio o a las empleadas de mis padres (porque uno, qué se creen, también tiene su sensibilidad social).

sin perder el tiempo hablándome del clima, de política o de fútbol, que son los tres temas universales de los que yo hablo cuando no sé de qué coño hablar, mariano me dijo *¿por qué no te vienes y salimos a dar una vuelta?*, y yo *perfecto, ¿a qué hora te viene bien?*, y él *dame una media horita para ducharme porque todavía estoy en piyama*, y yo pensé *ay qué rico, mejor quédate así y yo voy corriendo a ducharte, a jabonarte la espalda, tu potito rico, tu pinguita de rockero miraflorino que se mete su coquita todos los fines de semana*, y entonces le dije *perfecto, mariano, en media hora paso por ti*, y él, con su voz coqueta y puteril, *acá te espero, famoso*, y yo me cagué de risa, y él colgó, y yo me quedé pensando *en el fondo bien que te gustaría ser tan famoso como yo, cabrón, bien que te gustaría firmar autógrafos de vez en cuando y saludar a las quinceañeras histéricas cuando vas por la calle, porque, no nos engañemos, a ti no te conoce nadie, salvo, con suerte, los paqueteros que venden hierba rojiza en esas callecitas arteras de miraflores que apestan a marihuana que da miedo, como si todo el condenado barrio estuviese fumando tronchos a la hora de la rica siesta.*

así que colgué el teléfono feliz de la vida porque mi amorcito mariano me había dado un *date* y fui corriendo al baño de mi mamá y me miré en el espejo, con mis anteojitos y mi pelo todo largo y despeinado con mi olita atrás, lo más coqueto y puteril yo, el chico de la tele, y me cagué de risa agarrándome el paquete, sintiéndolo crecer, pensando que de todas maneras iba a agarrarme a marianito.

bueno, gabrielito, a bañarse, me dije, y bajé corriendo al baño del gran manolo, mi adorado hermano manolo, y me encerré, me calateé, me miré en el espejo y me vi flaco, *flacuchento y pelucón*, como diría mi mamá. la verdad, no me gustó demasiado lo que vi. es que me jodía pensar todas las mañanas frente al espejo que podría tener un cuerpazo bien musculoso como el cuerpito tan agarrable de mi amigo nicolás, el actor famoso. pero no, yo estoy jodido, ya me quedé flaco de por vida. maldición, eso me pasa por no ir al gimnasio cuando era chiquillo, eso me pasa por vago. yo no sé por qué no hice cien mil pesas y abdominales cuando tenía catorce, quince años, que es la edad en que uno ensancha su musculatura y saca cuerpo y se pone durito y tira su caja, como el guapo de nico, tan musculito (para no hablar de su culito). ahora que me acuerdo, a esa edad yo vivía amargado y jodido y peleado con el mundo y con ganas de largarme de la casa de mis padres, que me hacían la vida imposible. yo creo que ellos sospechaban que les había salido un hijo gay y a la mala querían desahuevarme y hacerme bien machito. pero era peor, pues, porque más brutos se ponían ellos, más rebelde me ponía yo. y así se me escaparon esos años mozos, que pudieron haber sido tan leves y dulzones. y no fui al gimnasio y me quedé flaco, flacuchento y pelucón. y bien potón, eso sí. porque, modestia aparte, tengo un potito paradito que ya quisiera cualquier gay para el diario trajín. y esto lo digo con la debida gratitud, porque si algo les agradezco a mis señores padres que tan generosamente me trajeron al mundo, es haberme dado un potito bien paradito. conste que, al menos, ingrato no soy.

así que bañadito, talqueadito, bien encoloniado y con mi mejor ropita comprada en miami (porque uno también viaja a miami de vez en cuando, pues, uno tampoco es un clasemediero cualquiera que compra su ropa en las boutiques/putiques de larco), bien a la telita, decía, salgo de la casa a esa hora en que no hay nadie porque manolo ya se ha ido al colegio y mi mamá a la misa de doce de maría reina y después a sus compritas en wong, su espiritual rutina matinal, y huyo despavorido de las empleadas que están dando un jodido concierto de lavadoras, aspiradoras y lustradoras, y entro a la cochera y, maldición, no hay un solo carro. porque, valga la aclaración, por entonces ya no tenía auto propio (años atrás había tenido un alfa romeo bien rico, pero lo macheteé parejo, lo maltraté de alma, y una vez zafé con mi pata charlie a paracas por semana santa y fumamos cincuenta mil tronchos en el camino y a la mañana siguiente estábamos voladazos dando vueltas por los melancólicos desiertos de paracas, que son lindos, sobre todo cuando los ves en los cuadros de szyszlo, y de repente le empezó a salir humo al pobre alfa y los dos nos cagamos de risa viendo cómo se quemaba mi lindo alfa que me había costado un buen paquete de dólares, y nos regresamos en taxi a lima, y a mi carro quemadazo, en cambio, lo jaló una grúa, y lo vendí a un precio ridículo, porque, claro, ¿quién es el idiota que quiere comprarse un carro quemado, pues?).

así que, caballero, agarré mi bicicleta con cambios y asiento acolchadito que me había traído de miami, y salí manejando con el debido sigilo, no fuera a ser que un perro asesino se me viniera encima como esa noche en que manejaba desde el 4D, donde me había comido un delicioso helado de fresa mientras estudiaba a las chiquillas culoncitas que iban a exhibirse de paso que coqueteaban con los chibolos guapetones que sacaban pecho/surfer, machazos ellos, y en eso, cuando estaba montando mi bicla tranquilazo, me salió un maldito can y empezó a ladrarme como un jodido/energúmeno/rabioso, la puta/perra que lo parió, y yo aceleré, conchasumadre, perro jijunagramputa, pedaleaba yo a toda velocidad por una callecita medio oscura al lado de la huaca juliana, y el perro chusco chuchasumay se me venía encima y mi puta bicla con cinco cambios, que había traído a lima en una cajaza desde miami sudando la gota gorda, ni siquiera corría bien, y el perro ya me estaba alcanzando y yo pedaleaba fuertísimo porque los perros bravos me dan pánico, y de repente el perro me saltó y yo traté de encajarle una patada seca en plena carótida y ahí fue la desgramputeada, porque tratando de darle una patada al can perdí el equilibrio y a mover la colita con el can y las chicas del can, pataclán, cuerpo a tierra, me saqué la gramputa, patinó la bicla y aterricé en el frío asfalto limeño y el maldito perro se asustó, perro ladilla y maricón, carajo, tanto ladras para salir corriendo cuando ya me saqué la gramputa, ni siquiera me mordió el cabrón, salió corriendo y yo me raspé hasta el alma, llegué a mi casa hecho mierda, la biela toda abollada y yo con los brazos y las piernas llenos de rasguños, y esa noche juré (llorando) que nunca más iba a montar bicicleta en esta infame ciudad (juramento que hasta hoy he cumplido).

despacito voy manejando mi bicicleta, mirando prudentemente todas las esquinas, escogiendo las calles más tranquilas para no cruzarme con algún peatón revoltoso que me grite *oe, barrios, ¿qué haces, compadre?, cuenta pues cómo le dijiste loco al huevón de alan*. que-te-lo-cuente-la-concha-de-tu-madre, cariño.

y en eso, cuando estoy montando mi bicla por las estragadas y añejas calles de miraflores, pasa un vw rojo bien paradito con sus llantas anchas y su equipito bacanazo sonando a todo volumen. ¿quién es? nada menos que el guapo de pepe málaga, tremendo jugador de fútbol que ha demostrado su clase internacional en diversos torneos de gran prestigio, incluyendo por supuesto el disputadísimo evento anual del carmelitas, donde se juega un fulbito acrobático de alto nivel. pepe me pasa la voz, bacanazo el pepe, peluconazo, pero bien por ti, pepito, el que puede, puede, y no seré mezquino en negar que eres guapetón y tienes un culo de panetón y mueves tu pelota y las hembritas de lima se mueren por su pepe capitán, pepe capitán, y de nuevo nos zampan cuatro goles y nos eliminan del mundial, la puta que nos parió. ay, qué rica era la vida cuando perú iba al mundial y hacía sus acostumbradas piruetas futboleras y después nos zampaban ocho goles igual y nos eliminaban con escándalo (y coima), pero al menos pasábamos a la segunda ronda, digo yo.

hey, pepe, ¿qué hay, hermano?, le grito, sonriendo, y el pepe, pitucazo, me hace adiós y sigue manejando su vw rojito, y zafa culo y yo sigo cagonazo montando mi bicla por las infames callejuelas sin lentejuelas de miraflores. y ahora dejo constancia de que el bueno de pepe está moviendo su pelota en el fútbol italiano. bien por ti, pepe capitán, y cuando quieras nos vamos a una definición por penales con mi popó, ¿ya, corazón, culo de panetón?

es menester manejar con cuidado cuando vas montando bicicleta por las callecitas de miraflores, porque en lima a nadie le importa medio carajo respetar al peatón o al ciclista o, en general, al prójimo ni al prófugo. que se lo cache un burro ciego al ciclista, lo atropellan igual y después, ya cadáver, le roban la bicla y la billetera y hasta las zapatillas si no están muy viejas. o sea que voy despacito y mirando bien todas las esquinas, porque si no he muerto todavía de una rica pichanga como tantos coqueros de lima que mueren durazos un sábado a las seis de la mañana, tampoco quiero que me atropellen montando bicicleta y que me encuentren frío bajo las ruedas de un maldito cocharcas-josé leal, línea 48, que me agarró en seco y me arrastró por el frío pavimento limeño.

así, voy suavecito, sintiendo cada hueco como un aguijón en el culo. porque será muy rico pasear en bicicleta por key biscayne, donde todo el mundo sale con su casquito fosforescente y sus mallitas negras y sus nike con inflador, pero no es igual de rico tirar bicla por las achoradas calles de lima, donde la única autoridad que vale es la del microbusero sarnoso que te mete la carcocha nomás y te manda derechito a la morgue.

sigo manejando mi bicicletita importada, pitucazo yo, ahora por la céntrica avenida larco de miraflores, y nunca falta una chiquilla salserín en uniforme escolar que me pasa la voz, pero yo tranquilo, pongo cara de distraído y sigo manejando como si nada, caleta nomás, me escondo tras mis armani que me compré en miami (¿no es riquísimo que casi rimen armani y miami?), lindos anteojos que me dan un aire de loca brava, y si algún desadaptado me grita una vulgaridad tipo *¡barrios-maricón!* (porque siempre hay algún payaso con ganas de amargarme la vida), yo, tranquilo nomás, sigo pedaleando como si nada, que, como se sabe, el desprecio y la indiferencia son siempre el peor castigo.

sonriente, sereno y sin hacer mucho escándalo, llego a la dirección que me dio mariano por teléfono. pues resulta que el condenado vive en plena avenida larco de miraflores. qué ganas de estropearme el día: ¿a quién se le ocurre vivir en esa desangelada avenida donde tanto ruido hacen las combis asesinas y revienta por lo menos un coche bomba a la semana y se pasean todas las escolares aguantadas y los *brownies* que no pueden ir a miami porque no les dieron la visa y entonces, buenos perdedores, tienen que hacer sus compritas en las boutiques de larco que están bien tizas, primito? y no crean que uno se alucina un ricotón porque no compra su ropa en larco sino en la rica miami de mis amores. no, no, corazón: uno no se alucina un pituco chuchanboy como sus amigos del colegio que ahora viven en miami y ya no hablan en castellano porque les da vergüenza, tremendos pavos. pero sí les digo una cosa con la certeza que solo da la experiencia: traten de comprar un buen calzoncillo en las boutiques de larco y me van a dar la razón. créanme, damas y caballeros (y todos aquellos que no son damas ni caballeros, o sea, probablemente la mayoría de mis sufridos lectores), es muy ardua tarea encontrar un calzoncillo decente en todo miraflores. y uno tiene que mantener un cierto nivel digamos estético (¿y por qué no decir *ético*?). y entonces terminas haciendo tus compritas bimensuales en miami. y por eso el otro fin de semana fui al muy odioso *mall* de dadeland y me compré infinidad de calzoncillos calvin klein bien ajustaditos para que me sobresalgan las nalgas cachetonas y ansiosas que me dio la madre naturaleza. gracias, madre naturaleza, fuiste generosa conmigo (al menos en lo que a mis posteriores respecta).

bueno, bueno, ya llegamos. y, ¿para qué les voy a mentir?, está bien feo y descuidado el edificio donde vive el rockero. es un edificio viejo, sucio, deprimente. uno de esos edificios limeños que se construyeron hace un chuchonal de años y que no han sido limpiados jamás y cuando caminas por sus pasillos hueles que están cocinando cosas repugnantes como mondonguito, hígado, lengua, seso, cosas así; esos edificios que te dan ganas de decir *yo me largo a miami, cariño, yo me largo de esta ciudad que huele a mondonguito*, pero una vez que llegas a miami y sientes el calor infernal y los mosquitos devorándote felices y el pérfido aire acondicionado que te resfría horrible, entonces, ya al borde de las lágrimas, dices *mejor estaba en lima la horrible que jodido acá en el trópico comiendo barriles de häa-gen-dazs de chocolate y engordando como chancho y viendo a geraldo, oprah y cristina todas las tardes.*

o sea que toma nota, corazón, quédate en lima nomás, no te angusties tanto, que más te agitas, más envejeces. en estos tiempos hay que saber estarse tranquilo. mucho aventurero imprudente hay que quiere irse a vivir a miami. después llegas a miami sin un centavo y sin papeles y terminas pateando latas y un día estás vagando por el *downtown* y viene un haitiano con cara de cocodrilo y te amenaza con arma blanca y tú te cagas de miedo y le das todas tus pertenencias de valor y te quedas pensando *¿para qué mierda me vine a miami si al menos en lima los brownies me tenían un respeto y no me asaltaban así a plena luz del día, y en cambio aquí en miami, la ciudad del eterno verano, me sale un cocodrilo drogadazo y me deja limpio en cosa de segundos?* ya sabes, cariño: quédate en lima (y no tengas complejos por eso).

bajo de mi bicicleta, chequeo el edificio así de costado, con cara de *chucha, qué angustioso sitio para vivir,* y toco el timbre del depa de mariano.

au, carijo, cómo me duele el culo. es una maldición montar bicicleta en lima, porque te metes a un montón de huecos y después te duele el culo que da miedo, peor que si te hubieran hecho un enema con manguera de grifo.

¿quién es?, me dice una voz por el contestador. sin duda es una voz de mujer, pero no es la vieja que me contestó más temprano cuando llamé por teléfono. *¿está mariano por favor?,* pregunto. *¿de parte?,* me pregunta la hembrita por el intercomunicador, y ya se imaginan que el intercomunicador suena pésimo, porque el edificio es más antiguo que las ruinas de machu picchu. *de parte de gabriel. ah, gabriel, pasa,* me dice la hembrita, de lo más gentil, y suena un ruido metálico y se abre la puerta del edificio y yo pienso *qué milagro, qué raro que algo funcione en este edificio horrible que deberían demoler de una vez para que abran un nuevo supermercado wong, porque las tiendas wong, qué placer comprar en las tiendas wong, digo yo, todo tan limpio, tan ordenado, todos los jovencitos tan bien uniformados.*

así que entro en el edificio y subo las escaleras cargando mi bicicleta, porque ni tonto la voy a dejar abajo para que se la robe el primer crápula que pase por ahí, ya me han robado una bicla en la puerta del wong del óvalo gutiérrez, parece que hay una banda de pirañas que roba cantidad de *bikes* en esas inmediaciones, especialmente en vísperas de las fiestas navideñas, que es cuando tanta gente se distrae y sale a comprar bobería y media y entonces los malhechores hacen su agosto y se roban las mejores biclas importadas, ladrones chucha-de-su-madre, ojalá se pudran todos en el temido penal de lurigancho, como el finado araña brava (que en paz descanse).

ya dejé constancia de que el edificio huele condenadamente mal. subo por las escaleras y uno puede olfatear que algo inhumano están cocinando en esos nichos que llaman departamentos. yo no sé qué diablos están cocinando, pero les aseguro que nada apetecible, pues huele como culo de moreno después de maratón.

y empujo mi bicla y me saco mis armani para no pasar por pituquín y toco el timbre de mariano, a quien recién he conocido y ya me muero de ganas de conocer más a fondo, ustedes me entienden, amables lectores, ustedes que, al igual que yo, saben lo que es tocar una pinga bien al palo y hacerle caramelo con la boquita. (y no es que le quiera hacer propaganda a la mariconada, pero es una verdad que ya sabían los antiguos griegos cuando se metían todos calatos al *jacuzzi*: que es rico hacer mañoserías con una hembrita joven y deseosa de carnosidades, pero es mucho más rico entregarse al cuerpo joven, durito, musculoso, de un chiquillo atlético y de espíritu liviano. ay qué rico, se me hace agüita la boca. cómo te envidio, sócrates, desgraciado, bien hecho que te hayas chupado todita la cicuta, mamón).

qué barbaridad, un poco de seriedad, señores, dónde estamos, esto ya parece la jaula de las locas.

toco el timbre y al ratito nomás me abre una chiquilla de lo más simpática. *hola*, me dice. *pasa. hola*, le digo yo, y me sale una voz masculina, castigadora, porque yo cuando quiero dármelas de machito, bien que me defiendo. la chequeo al vuelo: no está nada mal la chibola. bajita, rubita, con una cara brava de jugadora. tiene los ojos chinazos. no es por nada, pero tiene una cara de fumona brava. y está chiquilla todavía. tendrá, ¿qué?, ¿diecisiete?, ¿dieciocho?, no más. ni cagando tiene más de dieciocho.

deja tu bici afuera, no te preocupes, me dice. y yo pienso *si la dejo afuera se la roban seguro en este edificio impresentable*, pero no la quiero ofender porque uno después de todo es un caballero, así que dejo mi bici afuera y entro al depa y la chequeo de nuevo y no hay duda, está bien rica la chiquilla, tiene un buen culito y unas espléndidas tetitas y una carita de mañosa que ya me está empezando a calentar. está vestidita con su *blue jean* y sus zapatillas negras y tiene el pelo medio mojado (se nota que acaba de salir de la ducha). entramos al depa y ella me mira y se ríe sola y yo pienso *esta fuma tronchos de todas maneras* y me dice con cara de traviesa, de buscapleitos, de chiquilla que ya come con su propia mano, *¿y cómo así eres amigo de mi hermano, ah?*, y yo sonrío y pongo cara de yo no sé y le digo *lo conocí anoche en el cielo*, y ella *¿y qué tal estuvo eso?*, y yo *bacán, bacán, me gustó mucho cómo canta*, y ella *sí, pues, conchudazo es el mariano*, y los dos nos miramos, y sonreímos, y yo pienso *estás como quieres, chibola, cuando quieras nos agarramos en un cuerpo a cuerpo a ver si se me para, porque para serte franco yo no siempre funciono con las hembritas, si estoy medio zampado o medio estón, no se me para, solo los chiquillos guapos como tu hermano me arrechan de verdad.*

¿cómo te llamas?, le pregunto, y ella sigue mirándome y riéndose toda coqueta con su pelito mojado y su polito ajustadito, en el que se notan las tetitas de chiquilla escolar con ganas de manosear todo el día, y me dice con una voz ronquita, una voz raspona de chiquilla chupapinga y fumonaza, me dice *nathalie*, y yo *bonito nombre*, y me siento un gran e insigne huevón, porque lo más estúpido que le

puedes decir a una hembrita cuando te dice su nombre es justamente eso: *bonito nombre*.

yo mejor no te pregunto tu nombre, porque a ti todo el mundo te conoce, me dice ella, siempre sonriendo, y yo *sí, pues, es una vaina eso de ser conocido*, y ella *pero está bacán tu programa, a veces lo veo y me cago de risa*, y a mí me gusta que la chibolita nathalie sea así, tan confianzuda, y me diga sus lisuritas para hacerse la igualada conmigo, y en eso, cuando me dice *ahorita vengo, voy a llamar al vago de mariano que debe estar durmiendo*, en eso justo se aparece el vago de mariano.

no sabía que usabas anteojos, corazón.

en efecto está con anteojos mariano. y con una cara de haberse fumado toneladas, toneladas de marihuana. qué tales ojitos, chino. ponte gotas, pues, no seas abusivo.

hola, famoso, me dice, y me da la mano, cagándose de risa, porque no cabe duda alguna de que se ha fumado solito semejante troncho. y nathalie nos dice *bueno, yo me quito*, y mariano *¿adónde vas, chata?*, y ella *chata será tu vieja, tarado*, y los tres nos cagamos de risa, y nathalie me dice *gabriel, ¿me prestas tu bicicleta un toque que tengo que ir aquí nomás a la casa de una amiga a recoger una tarea?*, y yo *claro, anda nomás*, y ella *al toque, en media hora estoy de vuelta*, y yo *claro, nathalie, ningún problema*, y mariano *ya, arráncate nomás*, y ella *cállate, oye, malcriado, trátame bonito delante de tus amigos al menos*, y el pendejo de mariano *cuídale la bicicleta a mi pata, no la vayas a vender por ahí, que tú eres una ratera conocida*, y los tres nos cagamos de risa y nathalie zafa y yo le miro el culo y pienso *no está nada mal la chata, le haría el favor con el mayor de los gustos*, y mariano me dice *¿y, famoso, qué me cuentas?*, y yo le siento clarito el turronazo a marihuana y pienso *qué rico sería fumarme un bate ahorita*, y le digo *ahí, tranquilo nomás*, y él *¿quieres tomar algo?*, y yo *sí, porfa, invítame un vasito de agua*, y él entra en la cocina y regresa con dos vasos de agua helada

44

y yo tomo un poco de agua y, aj, esa agua sabe a verduras, a *omelette* de champiñones, qué agua tan fea me has servido, canalla.

mejor vamos a mi cuarto, porque ahorita llega mi vieja, me dice mariano, y yo *perfecto, más tranquilo*, y pasamos por la cocina y nos metemos a un cuartucho oscuro y pulgoso que más parece ser el cuarto de la empleada. mariano sonríe y se sienta en la cama y *asiento, gabrielito, asiento, ponte cómodo*, y los dos nos sentamos con nuestra agüita helada con sabor a *omelette* de champiñones, y yo pienso *ayer me parecías mucho más guapo, mariano, ahora tienes una cara de flaco pastelero con granitos en la frente y un turrón bravo que me dan ganas de poner primera y arrancar en mi bicla importada, pero la ricotona de tu hermana ya me dejó varado acá, o sea que caballero nomás, así es la arrechura de traicionera, a uno lo lleva a los sitios más peligrosos e inesperados.*

y entonces él me dice *justo estaba fumándome un tronchito matinal*, y yo sonrío y le digo *se nota, se nota*, y él se caga de risa y abre su billetera y saca una chicharrita y me pregunta *¿le entramos?*, y yo *no sé, la verdad que es un poquito temprano para fumar*, pero él insiste, *no seas cabro, gabrielito, éntrale*, y yo *bueno, ya*, porque la verdad es que tengo ganas de relajarme un poco y vacilarme contigo, mariano, tengo ganas de conocerte a fondo y, basta ya de hipocresías, de bajarte la bragueta, guapo.

así que prendemos el troncho y fumamos y nos ponemos estones, los dos con los ojos rojitos, chinazos, cagándonos de risa.

ay qué rico era fumar tronchos en lima. cómo extraño esas épocas tan dulces. ahora soy un hombre sano, no fumo, no me emborracho, no jalo coca. ni siquiera me la corro porque después no tengo sueños eróticos y adoro tener sueños eróticos y mojar las sábanas pensando en chicos guapotes y chicas deliciosas.

regresemos a mariano. estamos él y yo sentaditos en una cama pulgosa de ese cuartucho miserable que huele a cuarto de empleada desaseada y hemos prendido un batecillo y nos hemos puesto estones y estamos cagándonos de risa. no me acuerdo por qué, pero sin duda estamos riéndonos. ya saben ustedes que después de fumar un troncho, uno se ríe por la más liviana cojudez.

de repente mariano abre su clóset y saca una guitarra y se sienta en la cama y se arranca a cantar. cantaba bien el condenado. claro, yo estaba estonazo, y además medio templado de ese flaco coqueto *todo descachalandrado*, como diría mi mamá, pero igual tengo que reconocer que cantaba lindo el desgraciado. súper inspirado. ya no me acuerdo bien qué cantó. cantó las mismas canciones de la noche anterior en el cielo. cantó moviendo la cabeza, moviendo su pelito negro, largo, con olitas, mirándome detrás de sus anteojazos grasosos, pero sin darme mucha bola tampoco, apenas me miró dos o tres veces, porque estaba concentradísimo en sus canciones el cabrón.

yo me sentí de lo más halagado. o sea, sentí que mariano estaba dándome un concierto, uno para mí solito. y cuando en plena canción me sonrió tan dulce y me guiñó el ojo y se remojó los labios con una lengua sospechosamente inquieta, ahí sí me sentí templadazo de él, y noté que se me había puesto dura y que me moría de ganas de tocarlo ahí abajo mientras él cantaba sus lindas canciones poéticas.

porque mariano era eso: un poeta. un poeta extraviado, coquerazo y ligeramente gay. y por eso vivía así medio en las nubes y con esa sonrisa pendeja de chiquillo que tiene mucha calle, mucha esquina.

no me acuerdo qué estaba cantando mariano, pero sí que el cuarto estaba lleno de humo de la rica marihuana, porque habíamos cerrado la puerta para hornearnos bien.

también me acuerdo que su guitarrita estaba bastante avejentada, se veía a las claras que tenía sus años ya esa guitarrita de mediopelo. yo había terminado tumbado boca arriba en la cama, y estaba pensando *cuando termine este concierto para mí solito le voy a decir «¿sabes qué, mariano?, me gustas, quiero besarte»*, algo así, o sea, estaba dispuesto a mandarme con todo y a chapármelo y a ver si me hacía el favor de meterme un viaje, porque hacía tiempo que nadie me medía el aceite, y eso era algo que ni borracho el buen jimmy boy iba a acceder a hacerme, porque ya les dije que jimmy nada de mariconadas, él bien caballero y sufriendo con la lobaza de la nina que le sacaba la vuelta con los chuchanboys de punta hermosa y alrededores.

y fue entonces cuando escuchamos un grito de vieja empinchada y mariano se puso pálido y dejó de tocar de golpe y yo pensé *chucha, la cagada, esto se va a poner feo*, y él dio un salto y abrió la puerta del cuarto, que estaba hecho un horno porque ya nos habíamos bajado la chicharraza, y se encontró cara a cara con una vieja de cuidado.

qué fea eres, desgraciada. pareces una momia paracas. eres el fiel retrato de la itinerante momia juanita. yo, con esa cara, me corto las venas y me dejo ir nomás, porque es un insulto a la sociedad civil salir a la calle con esa carótida.

y resulta siendo que, como imaginarán, ese fantasma que estaba parado en la puerta con cara de *¿qué mierda pasa aquí?*, era, claro, bien pensado, la misma vieja amargada que me había contestado el teléfono más temprano cuando llamé a mariano en piyamita, o sea, la mismísima vieja de mariano, que no sé cómo diablos se llamaba, pero que era una beata-rompe-cojones, aunque eso no lo sabía entonces, de eso me enteraría después, cuando la conocí un poco mejor, porque en ese momento lo único que sabía era que esa vieja maciza y pezuñenta nos iba sacar a punta de patadas del cuartucho pulgoso, pues era evidente que estaba harto, harto empinchada.

y entonces mariano todo cínico le dijo *hola, mamá, ¿qué haces por aquí tan temprano?*, y la vieja, con cara de no haber tomado desayuno, de haber sufrido las punteadas de los mañosos en el micro, de no haber cagado por tres días, de tener el coño seco/reseco, de haber tenido su último orgasmo antes del asesinato de kennedy (y me refiero a jack, no a bobby), la vieja le dice a mariano *¿qué has estado haciendo?, ¿qué has estado haciendo que apestas a drogas, ah?*, y yo me paré al toque y le dije *buenas, señora*, pero como estaba estonazo me salió una voz debilucha y con las justas me escuchó la tía, me miró con cara de perro y ni siquiera me contestó, porque ella ya sabía que yo estaba allí horneándome rico con el mañosón de su hijo, ya sabía que yo era una joyita como el coquetón de su primogénito, y entonces mariano, tratando de arreglar las cosas, *mami, te presento a gabriel barrios, el de la televisión*, y yo pensé *putamadre, mariano, qué huevón eres*, y ella me miró de nuevo y me dijo *¿qué tal, hijito?, te felicito por tu programa*, pero me lo dijo así, medio esquinada y avinagrada, o sea, solo por cumplir, porque cualquier blanquiñoso payasón que tiene un programa de televisión en el perú se convierte en héroe popular y todo el mundo le dice *te felicito por tu programa, hermanón; te felicito por tu programa, hijito*, pero no porque el programa sea bueno sino porque el hecho mismo de tener un programa en la televisión peruana es ya considerado un gran triunfo de los cojones (y, la verdad, cualquier blanquiñoso payasón y palabrero puede tener un programa de televisión en el perú, no nos engañemos tampoco, chicas).

o sea que ahí estábamos los tres, la vieja cara de doberman, el marciano de mariano y yo estonazo en ese cuarto pulgoso, y la vieja será fea pero tan cojuda no es,

48

porque ya notó que hemos estado horneándonos, ya se ganó con todito el olor a marihuana, y entonces me preguntó así, a boca de jarro (y no es por nada, pero, pensándolo bien, tenía una boca de jarro jodida la vieja) *oye, chico barrios, ¿se puede saber qué han estado haciendo aquí que el cuarto apesta a mariguana?*, y entonces yo miré a mariano y él me miró a mí y los dos nos cagamos de la risa soberanamente porque yo nunca había escuchado a una vieja diciendo *mariguana*, así, con *g*, y como los dos estábamos estonazos, no pudimos evitarlo, nos cagamos de la risa de la cara de perro, y entonces ella se arrebató más todavía y dijo *salgan de acá, par de drogadictos, fuera de acá*, y mariano *caracho, mamá, no seas malcriada, ¿qué va a pensar mi amigo gabriel?*, y la vieja me miró con su cara de *bulldog* recién atropellado por un íkarus en el zanjón y me dijo *la verdad que ya te pasas de malhablado en tu programa, hijito*, y yo, conciliador, *tiene razón, señora, a veces se me va la mano*, y el huevas de mariano soltó una carcajada, simplemente porque estaba estón y se reía a la primera cojudez, y yo también empecé a reírme, y entonces fue un mayúsculo cague de risa, porque la vieja entró en trompo, perdió los papeles y de repente agarró el matamoscas de la cocina y, *zum*, le tiró un matamoscazo a mariano, y yo pensé *chucha, mejor zafo*, y salí del cuarto mientras la vieja le seguía tirando matamoscazos al malandrín de su hijo, y él gritaba *¡cálmate, mamá!, ¡soy tu hijo, soy tu hijo!*, y la cara de perro le gritaba *¡a golpes te voy a obligar a dejar las drogas, drogón, ocioso, muchachito mamarrachento!*, y yo no lo pensé dos veces y puse primera y me arranqué, porque no quería que me zamparan un matamoscazo, así que abrí la puerta de la cocina y chau, si te vi no me acuerdo.

la pendejada era que la chiquilla nathalie se había arrancado en mi bici, o sea que tuve que irme tirando pata nomás.

salí corriendo de ese departamento que olía a atún (no miento: juro que olía a atún todo el puto edificio) y bajé las escaleras corriendo, y no es por nada, a lo mejor era porque estaba voladazo, pero yo todavía escuchaba los matamoscazos de la cara de perro zumbando cerca de mis oídos.

no bien llegué a larco me sentí más tranquilo. corrí hasta la esquina y vi un taxi y le grité *¡hey, taxi!*, y el compadrito me vio y paró y corrí y me zampé a esa chatarra vieja que de milagro caminaba.

chucha, qué tal escena, pensé.

al golf de san isidro, por favor, le dije al zambito que manejaba ese vetusto toyota, porque sin ser yo un experto en mecánica advertí rápidamente que ese toyotita tenía más años que hirohito, de milagro se movía semejante chatarra, y el taxista arrancó, con su salsa bien pacharaca en la radio y su estampita del señor de los milagros bamboleándose graciosamente en el espejo. y a cada ratito, *juip, chu*, flema y salivazo. qué manera de escupir del zambito, creo que entre larco y el golf se habrá mandado unos diez o quince escupitajos, sin exagerar. gran pero gran escupidor el zambito. y yo, que estaba estonazo, iba de lo más impresionado escuchando esa combinación de «devórame otra vez» en radio mar con los salivazos de un zambo flemático, qué rica mi lima sabrosa.

así que llegué sano y salvo al golf, y le pagué la carrera al zambito y caminé hasta la casa de mis padres y pasé por esa academia de cojudas aspirantes a secretarias, todas con sus caritas de putas sentaditas en el murito de la academia (que se las cache un burro ciego, señoritas secretarias, y ojalá que aprendan todas a tipearme la pinga con los ojos cerrados) y cuando llegué a la casa subí corriendo a mi cuarto, saqué mis gotas, entré al baño de mi mamá, me eché las gotas en los ojos, me miré en el espejo y me dije

¿cómo te gusta mariano, no, cabrón? y entonces escuché *joven gabriel, ya está servido el almuerzo,* y bajé todo seriecito a almorzar, y cuando me senté a la mesa, mi señora madre ya estaba bendiciendo en latín nuestros sagrados alimentos.

no hay como vivir en la casa de tus padres, creo yo. quédate allí mientras puedas, corazón, te lo digo yo, que ahora vivo solo y extraño a morir el calor de un hogar cristiano donde te lavan a mano ajada tus calzoncillos y te sirven tres comidas calientitas todos los días y encima, con suerte, siempre hay una empleada traviesa y ricotona con la que te puedes ganar un poquito. quédate en la casa de tus viejos y olvídate de miami, cariño. hazme caso.

III

al día siguiente mandé al chofer de mi mamá a recoger mi bici. yo pensaba que nunca más vería a mariano. ni loco lo iba a llamar de nuevo, ni de a vainas me iba a arriesgar a que me contestara el teléfono la cara de perro y me metiera una puteada de campeonato.

así que no volví a llamarlo y pensé *si quiere un calentado conmigo, que me llame, ¿total?, él tiene mi teléfono.*

porque mal que bien uno tiene su buen potito: gordito, paradito, ricas nalgas, mi casero. lástima nomás que haya por ahí unos pocos pelitos indeseables. cuánto daría uno por depilárselos y tener un culito perfectamente lampiño y juguetón. pero, malaya la suerte, a uno le tocó un culito semipelucón. y ni cagando me lo voy a depilar de nuevo, porque la única vez que me lo he depilado me dolió en el alma (y eso que me pusieron algodoncitos con alcohol y me soplaron amorosamente todito el popó, no preguntes quién, cariño, igual ardió mucho/muchísimo, nunca más). sobre mi cadáver me depilan de nuevo el popó. sobre mi cadáver.

así que no te llamo, mariano, y jódete, porque tienes una vieja impresentable y porque vives en un edificio que apesta a locro con mondonguito, hermanito, y chúpate un champancito.

uno tiene su orgullo, pues, corazón. uno tiene su posición social y su familia con algo de plata (no mucha ya, porque de generación en generación las herencias como que han ido adelgazando) y su viejo que habla inglés como si acabase de bajar del mayflower llegadito de las gélidas europas. uno no es un plumífero cualquiera como para vivir en un edificio deprimente en plena avenida larco, el corazón del pujante distrito de miraflores, que puja y puja y cada vez que puja, más se llena de *brownies*. ay, ¿qué le vamos a hacer, pues, amor?, los *brownies* están por todas partes, y si no te gusta, arráncate a miami que ahora american vuela en la mañana y en la noche, qué maravilla los gringos, la mar de eficientes.

pasan los días y no sé nada de mariano pero sigo pensando en él, sigo acordándome de la noche que entré estonazo al cielo y lo vi cantando y bailando y meciendo la pinga con indudable arte y aplomo.

y sigo jugando pacman todo el día. confieso que soy víctima del maldito vicio del pacman. cualquiera que haya jugado pacman me entenderá: es como una cabrona droga el jueguito ese. me paso horas de horas sentado frente a la computadora de mi cuarto, y juego un chuchonal de pacmans, y la verdad es que he progresado un montón, porque así nomás ya no me agarran los monstruitos, ya los tengo superbién estudiados y ya sé por dónde escaparme y cómo hacerles una buena finta y por dónde aparecen las frutitas con más puntaje que tengo que tragarme a la carrera, y, modestia aparte, nadie en la casa juega pacman mejor que yo. mi adorado hermano manolo me hace la competencia pero yo ostento el récord mundial. tanto pacman juego, que a veces mi madre pasa por ahí y me mira feo y mueve la cabeza como diciendo *qué mala suerte, caracho, cómo me tocó un hijo tan zángano, tan ocioso.* porque yo me paso la mañana entera dándole y dándole al pacman. bueno, no la mañana entera, porque recién a eso de las diez y media me levanto y bajo en piyamita a tomar desayuno. ay qué rica era la vida jugando pacman en piyamita. y por las noches, tanto pacman he jugado todo el puto día, que a veces no puedo dormir, cierro los ojos y veo la pantalla del pacman en mi cabeza y los monstruitos persiguiéndome y yo escapándome por el maldito laberinto que ya me sé de memoria. y no hay forma de sacarme el jodido pacman de la cabeza. les juro que es una pesadilla tener el disquete ese metido en el cerebro. ya dije, es como una droga.

hablando de drogas, no sé si he dicho ya que extraño la marihuana. cuánto tiempo hace que no me fumo un rico troncho, cuánto tiempo que no estoy estonazo, con una hambruna garrafal, dando vueltas con jimmy boy en su vw blanco, escuchando su música de putamadre, cuánto tiempo que no siento la arrechura maldita y cabrísima que me daba la marihuana, una arrechura que me obligaba a corrérmela así, parado, imaginándome a un pelucón mordiéndome la espalda o a una hembrita ricotona cabalgándome.

volviendo a mariano: una noche que estoy aburrido, porque no tengo a quién llamar ni con quién salir, me digo *anda al cielo, chino, en el cielo siempre la pasas de putamadre.* porque la verdad es que sí, me gusta ir al cielo, me gusta esa casa negra y desalmada donde a veces se reúne la gente bonita y confundida de la ciudad.

esa noche acabo de terminar el programa y llego a mi casa en ternito y corbatita y zapatitos de dandy GQ, y tengo la cara toda cremosa, llena de polvos y base y maquillaje de tercera que me pone una gorda abnegada en la tele, y lo primero que hago es entrar al baño y sacarme toda esa mierda infecta de la cara, y me veo en el espejo y pienso *¿cuándo carajo tendré los cojones para dejar la televisión y hacer lo que me gusta, o sea, escribir?,* y mientras me saco el inmundo maquillaje que tanto odio, trato de no pensar en todas las tonterías que he dicho esa noche en la tele y me digo *okay, ponte tu blue jean y tus añejos zapatitos timberland, pídele el volvo a tu mamá, que debe de estar sufriendo la pobre en su camita pensando «ay, señor mío y dios mío, ¿qué hice yo para merecer un hijo tan escandaloso que sale en la televisión hablando de los condones y los condones y los condones, qué palabra tan horrible esa que su santidad condena con todas sus polacas fuerzas?* me cambio rapidito porque ya es tarde y le toco la puerta a mi madre y ella, que está despierta porque nunca duerme la pobre, me dice *pasa, hijito,* y yo *mami, ¿me prestas el carro un ratito?,* y ella *pasa, amor, siéntate, convérsame un ratito que no puedo dormir,* y yo *mejor mañana, mami, porque ahorita estoy un poco apurado,* y ella *anda nomás, hijito, no te preocupes, y no regreses tan tarde que es peligroso andar de noche, me ha contado tu tía kuki que el otro día lo paró un patrullero a tu primo alfredito y se lo querían llevar a la comisaría porque no tenía sus papeles en regla y el pobre alfredito de lo más asustado le tuvo que dar una tremenda coima al policía, porque tú sabes que la situación se está poniendo la mar de fea,* y yo, antes de que ella se despache el sermón de las tres horas sobre *la* situación y el papa polaco que condena el uso y abuso del condón, le digo *mami, sorry, pero me tengo que ir, me están esperando en una reunión,* y ella *anda nomás, hijito, no te olvides de desconectar la alarma del carro que si no tu papi se despierta y va a regañar,* y yo *chau, mami, que duermas bien,* y cierro la puerta y ella se queda feliz con todas sus estampitas y sus santos y sus medallitas y sus rosarios y sus oraciones y su coro de ángeles de la guarda, todos a su alrededor procurándole consuelo y auxilio espiritual.

listo, nos fuimos, safari.

bajo rapidito las escaleras tratando de no hacer ruido porque no quiero que se despierte mi padre y me amargue la vida preguntándome *¿adónde vas, muchacho?, ¿a qué hora* *vas a regresar?, ¿no quieres que te preste una pistola con silenciador para que estés seguro?*, salgo a la cochera, desconecto la alarma y abro la puerta del garaje despacito nomás, no se vaya a sobresaltar el viejo. pero la maldita puerta ya está decrépita y suena como el carajo y cuando estoy regresando al carro para zafar de una vez, escucho la voz recia y ronca del jefe que, medio dormido, grita *¿quién anda ahí?*, y yo le digo *yo papi*, y él *¿quién es yo?*, y yo *yo, gabriel*, y él *¿adónde vas?*, y yo *aquí nomás, a dar una vuelta, ahorita vuelvo*, y él *es tarde, hijo, ten cuidado*, y yo *ya, papi, no te preocupes*, y él sigue roncando salvajemente y descargando flatulencias asesinas.

así que me arranco en el volvo azul de mi madre, que está paradito y tiene sus buenos parlantes, y pongo el casete de tracy chapman que he escuchado cien veces y todavía me gusta igual, y salgo manejando despacio por el golf, y después me arrebato, porque me gusta correr, me gusta ir rápido por las pérfidas calles de lima cuando todos los admirables ciudadanos que salen a trabajar a las ocho de la mañana están durmiendo con sus respectivas esposas con ruleros y placa dental para no apretar mucho la mandíbula y corregir así la dentadura torcida.

me gusta correr.

voy como un avión por las callejuelas de miraflores, por esos viejos jirones entre angamos y pardo donde se aparecen unos zambos en *shorts* con unas caras bravas de drogones, y llego a la pardo y digo *voy a dar una vuelta por mi edificio* y bajo por pardo y cruzo el semáforo de espinar, que está en rojo pero a la mierda, no hay carros y tampoco hay patrulleros a la vista, y llego al malecón y voy serpenteando, haciendo chillar las llantas del volvo, hasta que chequeo el edificio de putamadre, moderno, paradazo, donde me acabo de comprar un depa alfombradito y con una vista bien bacán a nuestro querido mar/desagüe, y pienso *carajo, chino, estás parado, bien por ti, ya los cagaste a tus coleguitas pobretones de la tele, ya tienes un depa paradito que te ha costado un ojete de plata, y has pagado cash, dólar encima de dólar, cual narco.* doy un par de vueltas por afuera del edificio y me siento cojonudamente bien, porque da confianza saber que si me peleo de nuevo con mis viejos, con quienes guardo antigua rivalidad de catchascanista, ya tengo un hueco donde refugiarme, un sitio donde puedo hacer lo que me salga de los cojones. me voy embalado por el malecón después de chequear mi depa nuevecito y apagado y sin muebles y mío, solo mío.

paso por el haití y chequeo desde el carro si hay algún chiquillo guapo dando vueltas por ahí. lástima: no hay nada rescatable. apenas unos cuantos viejos derrotados esperando la muerte en esas mesas mugrientas, tomándose un cafecito cortado y hablando necedad y media, y una que otra vieja arrecha con el pelo pintado y el calzón rojo que le regaló el coronel que es su amante, y los mismos mozos de siempre, gordos, abnegados, arrugados, metidos en sus gastados uniformes, con sus pelos engominados y sus caras de trambollo y sus sufridas manos de oso peludo, todos esperando a que den las dos de la mañana para cerrar el haití y zafar culo y regresar al día siguiente. qué vida tan dura, carajo. admiro a esa gente que trabaja de verdad.

en cuanto a mí, al haití que entren los perdedores, los viejos verdes, las viejas arrechas con el coño en baño maría, los intelectuales de mediopelo que se pasan la vida hablando cojudeces y escribiendo poemas en el baño mientras cagan con esfuerzo (porque todos los intelectuales son unos estreñidos, y el que tenga evidencias de lo contrario que me las presente en debate público y televisado).

paso por el haití hecho una bala y echo un vistazo al paradero a ver si está sentado mi amigazo julián, que es flete y que a veces me lo levanto y me lo llevo a un hostal al ladito del tiptop y me mete un viaje (con dos condones, eso sí; no hay que correr riesgos, corazón) y después nos metemos unos tiros o nos fumamos un troncho para no deprimirnos, porque ser gay o bi en lima es una cosa muy fuerte, créanme.

no está julián. debe de estar metido en problemas. siempre anda paranoico porque los policías lo siguen o porque ha tenido un pleito del carajo con su viejo, que es chileno, o al menos eso dice julián, yo la verdad no sé, porque creo que julián, de tanta coca y pastel que se ha metido, ya está empezando a quemar cerebro. pobre julián, tan churro y tan atormentado porque, como a mí, le gustan los chicos y las chicas.

cositas ricas quiero hacer esa noche, pero no está julián en el paradero y no hay chiquillos en el parque por culpa del señor alcalde de miraflores. qué espeso el señor alcalde, sigue jodiendo a los chiquillos prostitutos y a las putas abnegadas. en efecto, por su culpa pasan los vampiros del serenazgo y toman fotos, ponen multas, hacen batidas. no hay derecho, digo yo, porque uno tiene que ganarse el pan de alguna forma, y esa juventud pingona y puteril está ofreciendo un servicio que nosotros, los chicos suaves de lima, necesitamos desesperadamente ciertas noches solitarias como esta, una noche aplatanada en que todo lima duerme su infinita resignación.

subo por benavides y paso al lado del edificio donde vivía mi mejor amigo del colegio, el enano buñuelos, mejor conocido como toti buñuelos. amigos del alma éramos. toti era un gordito pelucón con cara de muymuy, cara de araña brava. recontrafutbolero el toti, tenía la colección de *el gráfico* desde que se inventó el fútbol, y tú le preguntabas, no sé, la alineación de chacarita juniors, año 1964, y el puta te la decía con suplentes y todo. toti y yo nos pasábamos la vida hablando de fútbol, jugando fulbito, haciendo una pelotita con dos o tres pares de medias y vacilándonos como chanchos en su depa de la benavides. nada era tan bacán como jugar penales o una pichanguita con el toti, los dos narrando las incidencias como si fuésemos pocho y josé maría, los más grandes periodistas deportivos de la radio latinoamericana. yo lo quería como mierda al toti. era mi amigazo del alma. no sé por qué, la vida nos alejó. y ahora no sé qué coño hace por la vida el gordito buñuelos. lo último que supe era que andaba metido en un grupo parroquial y, según las malas lenguas, que siempre tienen razón, tiraba para la mariconada, cosa que, por lo demás, no me extraña, porque por algo éramos tan íntimos el toti buñuelos y yo, por algo nos gustaba dormir juntos y hablar de hembritas y corrernos la paja, por algo el toti era tan mañosín y me enseñaba las manchitas que dejaba de noche en su cama. pero los dos éramos chibolines y bien inocentones y no sabíamos todavía que había dos gays agazapados en nosotros, que el beto alonso y leopoldo jacinto luque, como nos llamábamos felices en nuestras narraciones de partidos imaginarios, éramos en realidad un par de gays a la vela. salud por ti, toti, y que seas bien feliz en esa parroquia de san antonio donde dicen que andas metido. y yo no creo que sea la religión sino los chiquillos parroquiales los que le dan sentido a tu vivir, totito lindo, leopoldo jacinto luque de la benavides, muymuy de alcantarilla parroquial.

entro en la callecita del cielo. todo está bastante oscuro. en cualquiera de esas esquinas de miraflores revienta ahorita un coche bomba y a cobrar. porque así de azarosa se ha vuelto la vida en esta ciudad. cualquier esquina puede volar en cincuenta mil pedazos y en la noche ves el noticiero y hay no sé cuántos muertos porque los malditos terroristas se volaron tres o cuatro edificios en una céntrica calle de miraflores. voy despacito por esa calle, como quien no quiere la cosa, como pensando *¿entro o no entro al cielo?*, porque por un lado tengo inquieta la pinga y quiero ver si hay suerte y por ahí me levanto a algún chiquillo medio borrachín que se deje manosear con tal de conocer al famoso pendejerete de la televisión. pero por otro lado siempre es peligroso entrar al cielo. de repente me encuentro con algún coquerazo bravo que me invita tiros y me suelta una palabreada jodida y nos metemos al cuartito de atrás y nos echamos unas cuantas partidas de naipes y terminamos jalando coca en la costa verde a las seis de la mañana y jugando fulbito de mesa cuando ya se hizo de día y los borrachos siguen hablando mierda cerca del mar, que, *by the way*, apesta a mierda.

o sea que, fiel a mi naturaleza, dudo: por un lado los chiquillos, por otro lado la coca. y no es por nada, pero esas son mis dos perdiciones: las pingas jóvenes y duritas y los tiros de coca-purita-sin-cristales que me pone los dientes tiesos, que rechinan, que se me quieren salir de las muecazas que terminamos haciendo a las seis de la maña-na mis amigos del cielo y yo, conocido como un tremendo pichanguero, pero también respetado, porque no cual-quiera tiene un programa de televisión para decir todas las cojudeces que te salgan de las pelotas y para hablar con todos los gansos, pavos, impresentables, muertos de ham-bre y sinvergüenzas de la farándula limeña, que, como es bien sabido, no hace falta que lo diga yo, es un nido de ratas y putas y maricones apestosos, porque uno será gay pero anda siempre talqueadito y con el culo encoloniado, no vaya a ser que surja una eventualidad por ahí, que la vida, como dice el simpático tarado de forrest gump, es como una caja de chocolates: nunca sabes lo que te va a tocar (a menos, claro, que sean chocolates bolivianos: ahí sí sabes que te toca una diarrea segura).

así que cuadro mi carro, o mejor dicho el carro de mi señora madre, un volvito bien presentable, y le pongo la alarma, mucho ladronzuelo chuchasumay anda dando vueltas por miraflores, carajo, y bajo tranquilo, canchero, con mi casaquita de cuero y mi pañuelito de seda bien putón amarradito en el cuello, pañuelito que me gusta a morir porque me hace sentir un gay elegantoso y refinado, y tranquilo como operado me acerco a la puerta del cielo, y como siempre hay algunos náufragos dando vueltas por ahí, fumándose un troncho, hablando harta mierda, y chequeo si está el chico de la moto, pero, maldición, qué piña, tampoco está hoy, nunca está el chico de la moto.

lástima, caray: debo confesar que el chico de la moto me trae loco. es uno de los príncipes del cielo: un chiquillo bajo, rubio, maceteado, que siempre llega en moto y que cuando me mira me hace así, ojitos, con su carita de pendejo, como diciéndome *ya sé que eres bien pichanguero y bien rosquete, chico famoso de la tele.* y él lo sabe mejor que nadie, en honor a la verdad, porque una noche de pichanga brava en que estábamos durazos en el fulbito de la costa verde, le dije al chico de la moto *si quieres te jalo a tu casa*, y él me dijo *okay*, porque había dejado su moto en la puerta del cielo, y subimos al volvo y nos seguimos metiendo tiros y ninguno de los dos habló, porque no somos tan cojudos para hablar huevadas cuando estamos armados, no somos como esos pichangueros que se meten cuatro tiros y te cuentan su patética vida con lujo de detalles: perdedores, aprendan a armarse callados. el chico de la moto y yo vamos por la pardo y le digo para dormir un ratito en el depa del malecón que acabo de comprarme, porque el día anterior he pagado *cash* cien mil verdes, y él atraca y subimos y nos echamos en la alfombra, y él no sé cómo se queda privado en el acto, dormido como un niño, y yo sufro, porque el chico de la moto está buenísimo y porque ya me empieza a picar el chico, y poquito a poco, como quien no quiere la cosa, me voy acercando a él, voy reptando como reptil hambriento de hombre, y siento cómo el corazón me hace *pum, pum, pum*, porque mi sufrido corazón está bastante trajinado de tanta coca que le he metido, y porque además cuando estoy con el chico de la moto el corazón siempre se me acelera de la pura arrechura que me da ese chiquillo atrevido y mañosón y rubito miraflorino que compra sus ropas de baño importadas en las galerías larco de miraflores. sí, papito, necesito que me des por atrás, ¿ya?, hazme un afinamiento, ¿quieres? le pongo el culo y espero a que él me abrace y me baje el *blue jean* y se me monte encima. yo por ti estoy dispuesto a hacer las peores bajezas, chico de la moto. pero él se despierta y pone cara de *suave, flaquito, no te pases, estás chocando con varón*. yo retrocedo, caballero, y ni tan caballero, porque ya me delaté como loca de cuidado, y él tranquilo se para y se pone su casaquita, y me dice *yo mejor voy zafando*, así, canchero nomás, de lo más *cool*. y se va, el chico de la moto se va, y yo me angustio parado al lado de la ventana, viéndolo ahí paradito en el malecón, esperando un taxi salvador.

me acerco a la puerta del cielo, saludo a los náufragos que me pasan la voz, *¿y, barrios, cuándo me invitas a tu programa?*, y yo *cuando quieras, hermano*, y por adentro *cuando te hagas la cirugía plástica, espanto, cámbiate de cara y de ahí pásame la voz*, y el guachimán de la puerta, no el extraterrestre de la otra noche sino un cholón recontra achorado que pelea a puñete pelado todos los fines de semana en fiel cumplimiento de su deber, *porque no voy a dejar que me falten el respeto estos pichangueros hijos-de-su-madre, pues, hermano*, el cholón achorado me saluda con el debido respeto, porque yo soy infamemente famoso y él ya quisiera serlo, y porque él se compra su ropa en higuereta y yo en dadeland y bal harbor, así que respetos guardan respetos.

el cholón me saluda todo cordial el puta, *¿y, gabrielito, cómo va la cosa?, ¿qué ha sido de tu buena vida?*, y yo *ahí vamos, hermano, dándole nomás*, y él de lo más respetuoso me da la mano (también le suda la mano) y me palmotea superconfianzudo, y yo le sigo el juego y le doy un abrazo para que el puta se mande la parte delante de los náufragos que están ahí merodeando en busca de un tronchito o un tirito gratis/gratén/gratinado. y como siempre el cholón achorado me deja pasar gratis. porque yo nunca pago, nunca en mi dulce vida he pagado entrada en el cielo. y, ¿para qué mentir?, me siento de lo más orgulloso, porque el cholón achorado me deja pasar como si fuera para él un honor que yo, el chico de la tele, me dé una vuelta por su discoteca subte después de hacer mis payaserías en el programa que *es un cague de risa, hermano, tienes que verlo, el otro día salió durazo el barrios y se mandó cada mueca que no te cuento.* pero siempre hay un compadrito envidiosón y malpensado que dice *no hables huevadas, choche, ese barrios es un cabrazo conocido*, y entonces se genera la consabida división entre aquellos que defienden a barrios como *un pendejazo que se hace el cabro pero que se agarra unos tremendos lomos, todas las vedettes argentinas que van a su programa el pendejo de barrios se las pasa por las armas, hermano*, y aquellos malpensados que dicen *el barrios es una loca perdida y es pura finta cuando coquetea con esos hembrones que lleva a su programa, en el fondo bien que le gusta comerse pingas al mariconazo ese que ya me hinchó las pelotas, yo no lo puedo ver, compadre, sácame a ese rosquete de encima que ahorita le parto la cara de un manazo.*

por eso yo en lima ando con cuidado, camino por la sombra. entro discretamente nomás, más bien timidón, porque no quiero que algún energúmeno dispuesto a probar que soy cabro (y no tienes que probarlo, nene, soy gay pero tú no eres mi tipo, porque yo con feos-pasteleros-ignorantes no me meto), dispuesto a probar que soy cabro, decía, me saque la entreputa con un pico de botella rota. yo puedo sacar pecho de que en mis muchas noches de coquero en el cielo, nunca, ni una sola vez, he terminado metido en una gresca, bronca o riña callejera, incidentes que, por lo demás, son harto comunes en dicho local miraflorino.

ya estoy de nuevo en el cielo. ya entré sin pagar y con mi pañuelito de seda, de lo más puto yo. ya me siento más seguro entre esas paredes negras, roídas por la humedad, paredes de prisión, de casa embrujada, entre esos graciosos malandrines que andan chupando su chela y mirando el culo de las hembrichis pacharacosas que van y vienen por esos pasillos resinosos. y conste que digo esto con el mayor de los cariños, pues yo considero al cielo como mi tercer hogar, después del hogar de mis padres, que es el primero, y de la afamada tienda hogar de camino real, mi segundo hogar.

me acerco a la barra, no está el míster cara de chancho pero sí el flaquito anteojón que me saluda cagándose de risa como si se hubiese fumado un troncho, pero en realidad solo se caga de risa porque es un gran y feliz huevón. se ríe con sus dientazos de conejo veterano y me dice *¿y, gabrielito, qué te cuentas?, tiempo sin verte, te has perdido, choche,* y yo *sí, pues, mucho trabajo, mucha chamba,* y él *¿qué te puedo servir, hermanito?,* y yo *una cocacolita helada, por favor,* y él *¿no quieres una chelita más bien?,* y yo *no, gracias, así nomás,* y él *estás zanahoria hoy día, gabrielito, ¿estás resaqueado o qué?,* y yo *sí, pues, hermano, no quiero maltratarme hoy,* y por adentro *ya sírveme nomás mi cocacola y deja de enseñarme tu colosal dentadura, tarado,* y el flaco me sirve la cocacola recontraespídico, porque el puta se alucina el mejor *barman* de lima, se alucina tom cruise en pleno *cocktail,* que no sé si la vieron, pero yo sí, y feliz. la vi un par de veces con micaela, mi amiga del alma. y además confieso que una vez los dos veníamos caminando del parque y no había nadie en la puerta del cine y nos zampamos al pacífico y vimos la última parte, los últimos diez minutos de *cocktail*. o sea que la vimos dos veces y media, si se quiere, y no porque la película fuese buena, pues era bien cagona para qué, sino porque el susodicho cruise me ponía en baño maría, me derretía la espalda y la baja espalda, se me ponía diagonal el recto cuando lo veía bailando en calzoncillos todo chatito y maceteado y sonrisita kolynos. y ni qué decir de mi querida micaela, que también se ponía mojadita y *ready to go* viendo a tom cruise en su rico *cocktail*. y después los dos íbamos al depa de micaela y nos metíamos unos agarres bravos, aunque, valgan verdades, yo no me arrechaba gran cosa. era solo el malsano placer de agarrarme a una hembrita y verla arrechita y deseando pinga durita, pinga que yo no podía proporcionarle debidamente.

estoy en la barra del cielo y por fin el flaco cuatrojos me sirve mi cocacolita y me dice *invita la casa, gabrielito*, y yo *no, hermano, estás loco, yo pago*, y saco mi billetera (que ha visto pasar más coca que el jefe policial de la estación de tocache) y hago el ademán de pagar, pero el cuatrojos *no, gabrielito, invita la casa, por el placer de tenerte por aquí*, y yo *mil gracias, hermano, mil gracias, siempre es un gustazo verte*, y por adentro *más gustazo es zamparme al cielo y chupar cocacola gratis y sentirme la princesa empañuelada y pitucaza de este antro de mal vivir, cuatrojos, y por más que me hagas la patería, nunca vas a ser mi pata, eres demasiado feo para ser mi pata*, y él *¿qué tal salió el programa?*, y yo *más o mierda nomás*, y él se caga de risa recontrasobón y yo aprovecho la risa para reírme también con una grandísima cara de cojudo y le hago así *chau, hermano*, y él *nos vemos, gabrielito, provecho, que está bueno el ganado hoy*, y yo me cago de risa y pongo mi cara de pendejazo, de jugadorazo que se levanta a las lobitas ricotonas del cielo, porque es obvio que el cuatrojos no computa que en el fondo soy gay, cosa que, como ya les dije, puede probar el chico de la moto, que lamentablemente no está esta noche, porque a pesar de que me rechazó de lo más machito el rubito, igual seguimos siendo amigos, y cuando nos encontramos siempre hay un tiro para compartir, bien sea suyo o mío, porque ha usted de saber que la coca genera una especial camaradería, un fugaz sentimiento de amistad que obliga a compartir todo, o sea que saca tu coca y no seas mezquino, corazón, que el que se arma solo muere duro.

zafo de la barra con mi cocacolita gratén y saludo a los dos o tres perdedores que andan siempre recostados en las paredes del pasadizo, especialmente al flaquito pelucón que anda siempre solo y que cuando me ve se caga de risa y me abraza y me dice que tiene un proyecto para hacer un programa de televisión y yo le digo *genial, hermano, genial*, y él *¿cuándo podemos hablar, gabrielito?, ¿cuándo te puedo presentar mi proyecto?*, y yo *cuando quieras, hermano, llámame al canal el lunes en la mañana*, y efectivamente el lunes el pobre me llama cincuenta mil veces y yo por supuesto no estoy, porque yo llego al canal tarde por la noche, diez minutos antes de que comience mi penoso programa (y eso cuando llego temprano, porque a veces llego tan tarde que tengo que salir al aire sin maquillarme).

entro al baño a tirar un achique fugaz y a chequear si hay algún pichanguero buena gente dispuesto a invitarme solo un parcito que me ponga en fa, nada más que un rico parcito, porque uno tampoco quiere terminar durazo, monstruazo, rebotando feo, pegadazo al techo, uno solo quiere un rico y suave parcito de tiros que le ponga las pilas y le dé cierta confianza, una poca de autoestima. así que entro al baño caleta nomás, no vaya a ser que me ampayen chequeándole la braguera a algún mamón que esté orinando, y en eso que voy a abrir la puerta de ese bañito de mala muerte que generalmente apesta a mierda, cuando me encuentro cara a cara, adivinen con quién, me encuentro así, frente a frente, *pum*, de golpe, con el lindísimo y putísimo y rockerísimo loco mariano.

está con una cara de pichanga jodida.

el famoso chico de la tele, me dice, sonriendo todo cachaciento, y nos damos la mano, yo sonriendo feliz porque me he encontrado de nuevo con mi mariano peluconcito y malandrín, pero igual te quiero aunque seas malandro, choche, igual te deseo con toda mi pinguita, y él, dándome la mano, *¿a qué hora llegaste?*, *no te había visto por acá*, y yo *acabo de llegar*, y él sale del baño porque hay un malandro con cara de perro que quiere entrar, seguro que a cagar.

y entonces mariano y yo nos vamos sin llamar la atención al cuarto oscuro que hay al fondo del cielo, donde suelen bailar los que bailan mal, o sea yo. no hay nadie bailando. todo está oscuro. no hay una puta alma en ese cuartucho tipo mini-pista-de-baile donde a veces he bailado bien borracho, porque yo, si no estoy debidamente zampado, no me animo a bailar, y si quieren que les cuente por qué, lo digo con mucho gusto: porque bailo triste. no bailo feo, pero bailo bien gay. o sea, cuando bailo como de verdad me gusta, cuando me dejo llevar por la música y cierro los ojos y me muevo como me da la chucha gana, me sale el gay que llevo dentro. y es entonces cuando más lo disfruto. ahorita me veo cabrísimo bailando esas canciones medio melancólicas que ponía a veces el chato coquero y narigón que vivía metido en la cabina de *discjockey* del cielo, que más se usaba para culear que para otra cosa, la verdad.

recostados en la pared estamos los dos, y yo no le tengo que preguntar a mariano si tiene coca, porque esa carita no miente, y cualquier pichanguero reconoce a kilómetros una carita de colega coquerazo.

mariano se pone a bailar solo, se mueve riquísimo, pasándose la mano por el pecho, dándome la espalda, moviéndome el culo, volando solo, dejándose llevar por la música.

qué rico es dejar que la música se te meta al cuerpo y te haga soñar. ahí lo tengo a mariano enfrente de mí, armado y guapo y todo mío, bailando para mí. yo sigo tomando mi cocacolita y me digo *menos mal que viniste al cielo, choche, lo que te hubieras perdido.* tengo ganas de ponerme en fa, de estar con la lengua loca, moviéndose como lagartija, chupándome los labios rajaditos por la rica coca. tengo ganas de emparejarme con mariano. porque cualquier pichanguero sabe lo mucho que se sufre al ver a un colega jalando chamo fino (o pateado, da igual: cuando la ñata pica, toda coca es bienvenida). y uno ahí parado como cojudo, mirándolo bailar y pensando *ojalá fuese yo tan conchudo para salir a bailar con él y para sentir, aunque solo sea por un momento, que él y yo somos pareja y que en lima dos chiquillos que se gustan pueden bailar bacán en una discoteca normal, uno con el otro, porque no hay nada más lindo que ver a dos chicos guapos bailando juntos y mirándose y coqueteándose y diciéndose con el cuerpo «dame tu pinga, hazme feliz, hazme sentir que soy gay y que por ti aguanto el dolor de recibir por atrás».*

pero no me atrevo a salir a bailar, porque soy demasiado tímido y porque una vez que estaba bailando borracho en ese cuartito oscuro del cielo, vinieron dos o tres náufragos, todos achorados y bacanazos y apestando a trago barato, seguro que habían estado chupando en la herradura o en alguna esquina malandra cercana al zalonazo, y se pusieron a bailar horrible, como si estuviesen pisando cucarachas o reventando cohetecillos, no sé, y yo seguí bailando porque estaba zampado y porque pensé *que se jodan, yo no voy a dejar de vacilarme por culpa de ustedes, payasos de circo de provincias*, y estaba en pleno bailoteo, mariconeándome feliz de la vida, cuando escuché que uno le decía a otro *oye, compadre, chequea quién está ahí*, y yo me alejo un poquito y miro hacia la esquina y me hago el sueco nomás, a lo mejor no me reconocen y pasa la tormenta sin dejar daños de consideración, pero para mi mala suerte el otro dice *alucina, es barrios*, y yo sigo bailando, y ya me voy cortando, me voy poniendo duro, cuando de nuevo escucho *manya cómo baila, qué tal cabrito, baila como locaza el huevón*, y siento cómo el cuerpo se me pone más rígido, se niega a seguir meciéndose con la música, y ahora estoy bailando horrible, cortadísimo, y ellos me siguen mirando, y ya todo se fue a la mierda, y dejo de bailar y salgo de allí y me largo del cielo y voy manejando el volvo a toda velocidad por larco y pienso *pronto me voy a ir de esta asquerosa ciudad donde no puedo ser como me da la gana de ser*.

pero no me fui tan rápido. y ahora que estoy lejos, la extraño. y daría plata por meterme una buena juerga en el cielo. plata daría. no saben ustedes lo rico que era jalar coca y a veces chupar e incluso hablar huevadas con los simpáticos malandrines de lima. es toda una onda que no se puede repetir acá en miami.

no me atrevo a salir a bailar con mariano pero sí a pedirle tiros. me acerco a él mientras lo veo moverse con los ojos cerrados y le pongo la mano alrededor del cuello y siento su cuello sudoroso y calientito y me acerco más a él y le digo *necesito un par de tiros*, y él me mira, sonríe y me hace cariño en el pelo, y yo sonrío feliz y pienso *bueno, ya me puedo morir: mariano me ha hecho cariñito en el pelo.*

es que todo esto junto es ya demasiada suerte: me zampo al cielo, me invitan cocacola, me encuentro con mariano y él me hace cariñito en el pelo. demasiado. una noche así no se olvida.

y quizás por eso estoy aquí contándola. porque ha pasado el tiempo y todavía me acuerdo de aquella noche con mariano, cuando sentí que ser gay era después de todo una suerte, porque no cualquiera siente lo que yo sentí cuando él me miró con esa sonrisa torcida por la coca y sonrió con esos ojos chinazos de tanto fumar tronchos y puso su mano larga, blanca, mano de pajero y rockero y poeta malandrín que lima no sabe apreciar, mano que ha tocado culitos de hembras deliciosas y pingas de chicos guapos, puso su mano y me hizo cariñito en el pelo y me dijo *vamos afuera, gabrielito, quiero conversar contigo.*

yo no quiero conversar contigo, precioso, yo quiero *estar* contigo. quiero que me quieras y te pinchanguees conmigo y me hagas el amor los domingos cuando salen todos los políticos mamones a hablar en los programas de la noche y uno siente que vivir en lima es una puta mierda porque ya no queda gente con un poquito de cultura en esta triste ciudad. quiero que me acompañes por las mañanas, cuando no hay nada que hacer y uno fuma tronchos y sale a caminar y a hojear los periódicos y a ver si el último *teleguía* ha dicho una estupidez más sobre mí. quiero que te quedes echado en mi cama cuando yo esté en la tele, y que me veas y me digas si te gustó el programa o, francamente, no me mientas, si fue una buena mierda, y quiero que cuando yo regrese, tú me acompañes mientras me quite el maquillaje con una esponjita, y que después te saques el calzoncillo y te eches en mi cama y me abraces, no quiero que me la metas, duele mucho, solo quiero que me abraces y cantes en mi oído, mariano, corazón.

ya salimos del cielo. siento las miradas de los náufragos a mis espaldas, los siento hablando mal de mí, diciendo entre ellos, putos/resentidos/ignorantes, *alucina, compadre, el barrios se ha levantado al coquerazo ese de mariano lavalle.*

y mariano camina rápido, callado, armadazo, como sabiendo que yo necesito desesperadamente un par de líneas, y los dos entramos al volvo y *tiru-tiru-tiru-tiru-tiru*, y yo *mierda, la puta alarma, me olvidé de desconectarla*, y mariano se caga de risa y yo apago la jodida alarma.

por qué me habrá tocado un viejo tan paranoico que un poco más y me pone una alarma en el culo. todo en casa de mis padres tiene alarma. todo. abres la refrigeradora para comerte, no sé, una gelatina, y suena una alarma maldita y además te electrocutas porque hay un cable de alta tensión metido en la gelatina. odio las alarmas. solo joden. porque, al final, igual los ladrones se roban tu auto. un ladrón avezado no se alarma porque tu auto tenga alarma. igual se lo roba, corazón. igual. o sea que ahórrate la alarma. y, más seguro, pídele el auto prestado a tu mamá. así, si se lo roban, no te mojas tú.

apago la alarma, prendo el auto, salgo empinchado, entro a larco, *sácate el chamo, mariano*, y él saca su billetera y veo la coca ahí brillando, haciéndome guiños, tentándome, y mariano agarra la coca con los dedos y se la lleva a la nariz, veterano el puta, sin ayudarse con la electoral o el brevete o las llaves, nada, con los dedos nomás y sin que se caiga nada de chamito, y yo saco mi brevete y se lo doy, y antes de invitarme mis bien ganados tiros el mariano chequea mi brevete, hace una mueca jodida de coquero antiguo, como que se ríe, pero no se ríe del todo porque en una pichanga brava uno no puede reírse bien porque la cara se te pone duraza, y entonces me dice el puto *oye, gabrielito, no es por nada pero sales con una cara de culo jodida en esta foto*, y yo le digo *yo sé, yo sé, odio esa foto, lo que pasa es que estaba estonazo cuando me la tomaron.* (es cierto: ese día mi pata charlie y yo estábamos en pleno vuelo astral cuando curiosamente se me antojó meterme en un estudio de fotos de la arenales, creo que era mi narciso amor por la cámara, y me acuerdo clarito que cuando me tomaron la foto yo estaba chinazo y puse así una cara muy seria y salí horrible y mi pata charlie se doblaba de risa detrás de los reflectores que me estaban haciendo sudar, y yo serísimo, con una cara olímpica de huevas tristes. qué habrá sido de tu vida, charlie boy. años sin verte).

le doy mi brevete a mariano y él me pone unos tiros gordazos y yo *snif, snif*, jalo esa coca purísima que se me mete por la nariz y se me sube al cerebro y me pone a cien.

acelero, bajo la ventana, subo el volumen de la música, miro a mariano y le digo *he pensado mucho en ti*.

chucha, me mandé, pienso después. y es que yo soy así: cuando jalo, hablo las verdades. no sé si a ti te pasa igual. pero yo, con coca, hablo todo. como dicen en lima, me deschavo.

ya me deschavé, mariano. ya te dije con ojitos de cordero degollado que me muero por ti y que te necesito atrás de mí. ahora la pelota está en tu cancha. habla ahora o calla para siempre. por favor dime algo. no te quedes callado. mariano, mírame. pero él está abriendo su pacazo, metiéndose más coca, haciendo unas muecas jodidas, lamiendo todo como iguana hambrienta. yo acelero y pienso *no debí decirle eso, ya lo corté con mi estúpida declaración de amor*, y entonces mariano, siempre tan atinado, me dice *¿qué tal si compramos unas chelas y nos vamos a un sitio tranquilo para conversar?*

y yo, queriéndolo más que nunca claro, *buena idea, vamos a mi depa*, y él *no sabía que tenías un depa*, y yo *sí, aquí nomás, más abajo en el malecón*, y él de putamadre, gabrielito, *de putamadre*, y yo *¿dónde podemos encontrar chelas a esta hora?*, y él *aquí nomás, en el hueco de espinar*, y yo *claro, claro, ese hueco siempre está abierto, es el point de los pichangueros*.

así que entro por espinar hecho un energúmeno, paro en un hueco bien sabroso que no me acuerdo cómo se llama, compro unas cervezas en lata y cocacolas y regreso al auto.

mariano sigue metiéndose coca. qué manera de jalar la de este condenado. en diez minutos se ha metido una ráfaga demencial de tiros.

invítate algo, le digo, y él me sirve, y yo jalo con toda concha, sin agacharme, porque a esa hora ya la gente jala sin disimulos en lima. después de las dos de la mañana está permitido por ley jalar coca en lima, y si no lo está, debería estarlo, digo yo, a ver si algún parlamentario (de la oposición: siempre hay que estar en la oposición) me hace el favor de presentar la moción respectiva.

durazos, flacos, pelucones, no muy maricones (al menos no tanto como para que se notase) y con muchas ganas de vivir estos veintitantos años que se nos van y no vuelven más, durazos y apurados por vivir, durazos y sonriendo con esa concha olímpica que siempre tuvimos, así nos vio el portero del edificio esa noche, y solo me dijo *buenas, don gabriel*, y yo *¿qué tal, huamán?*, y mariano y yo nos metimos en el ascensor, y yo apreté 12, y la puerta se cerró y miré a mariano y pensé *tú no llegas a viejo ni cagando, tú te vas antes que yo.* porque mariano, siendo guapo, y más que guapo, coqueto, era, en honor a la verdad, un chiquillo con una cara de malogrado jodida, y se le notaba ya en la cara la masiva cantidad de drogas que se había metido por diversos orificios.

entramos en mi depa callados, prendo las luces, no hay un puto mueble, solo el equipo de música. mariano se echa en la alfombra, abre el pacazo, jala. vuelve a jalar. yo pienso *este huevón no tiene interés en mí, no me conversa, solo quiere meterse tiros.* abro las chelas y la cocacola, abro las ventanas, miro miraflores de noche. todo tranquilo y dormido y triste. todo muy melancólico: sabes que es una ciudad perdida y sin futuro, pero es tu ciudad y la quieres así. me acaricia, eso sí, un vientecillo fresco y risueño. porque no hay como el clima delicioso de mi lima natal. qué nostalgia. o como dijo una hembrita bien puta y bien ignorante que cierta vez me levanté, *qué nostalgía*, así con acento en la *í*.

me siento al lado de mariano y tomamos mi cocacola. ay qué rico, qué alivio, por fin pasó la pepa. porque eso de jalar en seco es la cosa más horrible del mundo, se te hace un nudo en la garganta. y él chupa su chela y me dice *yo sabía que nos íbamos a encontrar y que esto iba a pasar, gabrielito*, y ahora sonríe y me mira a los ojos y se rasca la cabeza y pone una mano entre sus piernas y la deja allí, juguetona, inquieta. y yo pienso *no me hagas esto, mariano, no me tortures así, me estoy derritiendo por ti y tú tocándote así él paquete delante de mí.*

pero no me atrevo. me quedo callado, bajo la mirada y pongo cara de señorito-putito-avergonzado-timidón-pudoroso-porque-su-mamá-le-enseñó-que-el-pudor-es-virtud-cristiana.

y entonces me atrevo a decirle *cuando te vi en el cielo por primera vez, supe que íbamos a conocernos*, y él me mira a los ojos y me dice *somos almas gemelas, gabrielito, somos hermanos de pichanga*, y yo me río con mi risa de pichanguero y me emociono porque sí, mariano, somos hermanos de pichanga, y si eso de la reencarnación no es cuento chino, tú y yo quizás nos conocimos en alguna de nuestras vidas anteriores.

y luego nos metemos más tiros y él se echa en la alfombra, se echa boca abajo, yo lo miro, él sigue echado boca abajo, el departamento está a oscuras, casi no pasan autos abajo, la lengua se me mueve como víbora en celo, tengo los dientes duros, frotándose unos contra otros, y no sé qué hacer, quiero echarme al lado de él pero no me atrevo, me cago de miedo de que pase de nuevo lo que ocurrió con el chico de la moto.

no quiero asustarte, mariano. no quiero que pienses mal de mí. solo quiero ser tu amigo. mentira, quiero ser tu amigo pero también (si no es mucho pedir) tu amante.

entonces él me dice en voz bajita, sin mirarme, tumbado boca abajo, me dice *ven*, y yo me acerco y le pregunto *¿te sientes mal?*, y él, sin mirarme, *échate*, y yo me echo a su lado y veo cómo me tiembla la mano y es la coca pero también son el deseo y la ternura y la emoción que siento por ti, mariano. y entonces me atrevo a hacerte cariño, toco tu pelo negro, y tú estás con los ojos cerrados, sintiendo cómo tu castigado corazón protesta por toda la coca que le mandas sin piedad. y después de un silencio que se me hace pesado, tú me dices *échate encima de mí*, y yo con una sonrisa pienso *me echo encima de ti y te hago todo lo que quieras, guapo*.

yo echado encima de mariano. no nos movemos, beso su nuca. él está como muerto. no hace nada. yo le digo *me gustas*. no me contesta. le digo *me arrechas*. él sigue callado. no quiero darle un beso en la boca. no le busco la boca. no me provoca. estamos armados. tenemos mal aliento. la coca te deja un sabor vil, amargo. sigo besándole la nuca. él empieza a mover el poto. despacio, muy despacio. yo siento que se me ha parado. por un momento preferiría estar yo abajo. a mí me gusta que me engrían, que me muerdan la espalda, que me digan cosas ricas al oído, que me den por atrás. no importa. porque ahora mariano está moviendo el potito. y cuando un culito te pide un poco de cariño, no lo puedes defraudar: es una cuestión de humanidad.

mariano me ayudó. se bajó el calzoncillo (era blanco, calvin klein, y estaba viejo, rasgado) y, siempre echado de espaldas a mí, con los ojos cerrados, me la agarró y me puse el condón y se la metí de un viaje.

y ahora los dos moviéndonos, y él callado, recibiendo castigo, y yo *mariano, mariano, mariano*.

fue un momento hermoso. los dos tirados en la alfombra, armados, manchados, cogidos de la mano, mirando el techo, escuchando el rumor del tráfico, callados, sin decirnos nada.

fue un momento de putamadre. porque habíamos hecho el amor: eso fue amor.

me acuerdo de ti y me emociono, mariano. y te extraño. y tengo ganas de ir a verte a donde carajo estés. pero ya es tarde. ya te fuiste. ya no sé dónde coño estás.

esos minutos después de que hicimos el amor y nos quedamos tirados en la alfombra con las braguetas abiertas, esos minutos fueron aun mejores que hacer el amor. tal vez porque ingenuamente sentí que por fin había encontrado al chico que había estado buscando tanto tiempo.

después fuimos al silvestre para comernos un par de sánguches. porque ya había salido la luz. dios, qué ricos estuvieron esos sánguches triples. recién estaban abriendo el silvestre de la benavides. nos sentamos en la barra, comimos en silencio y te llevé al horrible edificio donde vivías.

antes de bajarte, me miraste, sonreíste y me dijiste *no te pierdas, famoso.*

regresé a toda velocidad a casa de mis viejos, estaba duro y sin embargo feliz. soy gay y así está bien. qué rico es entrar al óvalo gutiérrez hecho una pinga. me gusta que las llantas lloren así.

IV

por supuesto me metí en la cama y no pude dormir.

reboté toda la puta mañana. mirando el techo, sonándome los mocos, arrastrándome hacia el baño para sacar más papel higiénico, escuchando cómo rezaba mi madre en su cuarto.

yo, duro, el corazón hecho papilla, los dedos de las manos temblándome como si fuese un anciano con parkinson, la pinga encogida, achicada, reducida a su mínima expresión.

una horrible mañana de mierda más. una mañana que me acerca de nuevo a la idea de matarme. porque cuando estoy rebotando con la boca hinchada y la cabeza como de cemento, siempre pienso en matarme. no parece una mala idea. especialmente si eres coquero y maricón y para colmo de males te tocó vivir en una ciudad como lima.

por fin me armé de valor (es más rico que armarse con coca) y decidí mudarme de la casa de mis viejos a mi nuevo depa del malecón. me largué con la cabeza todavía aturdida por la juerga que nos habíamos metido mariano y yo, me instalé en mi depa y, sin pensarlo dos veces, fui a hogar de camino real, donde me saludaron cariñosones los porteros, y me compré un colchón de dos plazas con su respectiva base de madera y listo. ya me mudé, ya soy libre.

y esa misma tarde llegaron los negros de hogar en un camión viejísimo y descargaron el colchón y lo subieron jadeando hasta mi depa y yo les di una generosa propina y pensé *ay, negritos lindos, por qué no se quedan un ratito más y estrenamos el colchón y arriba alianza, morenos quimbosos.* pero no, caballero yo, les hice bromas pendejas y los acompañé hasta la puerta y *chau, gabrielito, felicitaciones por tu programa,* y yo *chau, hermano, mil gracias, toma esta propina para una cervecita.* y zafaron los negros y yo me tumbé en mi colchón y me quedé dormido toda la tarde y me desperté ya de noche y pensé *bien por ti, chino, ya te mudaste, ya eres libre, ya nadie te va a joder más.*

y luego me siento solo, extraño a mariano.

salgo a caminar por las desleales calles de miraflores. miro mi reloj y todavía tengo un par de horas para vagar por ahí, porque a eso de las diez tengo que ponerme un ternito y una corbata bien a la moda y derecho a la televisión, al circo de todas las noches. esto no es vida, corazón. pero me pagan bien y me aplauden y me sacan fotitos en las revistas y bueno, algo es algo, peor es nada.

de noche, los indeseables me joden menos. no me reconocen tanto. aunque los cambistas de dólares siempre son los primeros en pasarme la voz, en gritarme *hey, gabrielito, ¿verdad que te la estás cepillando a la fiorella?,* y yo sonrío nomás y pongo mi cara de cojudo y ellos se cagan de risa, se soban la panza felices como focas los cambistas, todos con las medias y los calzoncillos llenos de dólares, pendejazos ellos, grandes rufianes que deberían ir presos por afear la ciudad, y me gritan *¡buena, gabrielito!, ¡provecho, gabrielito!,* y yo *gracias, hermano,* y sigo caminando por pardo, pensando *conchasumadre, maldición, ¿cuándo me voy a ir de este delirante país?, ¿cuándo voy a tener los cojones para largarme de la televisión y vivir tranquilo, sin tener que andar gritando por la calle como un payaso?* ya pronto, cariño, ya pronto. porque en el fondo sé que me voy a atrever. es cuestión de esperar el momento apropiado y dar el golpe cuando nadie lo espera.

voy tirando pata por la pardo y paso al lado del edificio del negro rubiños, que no es mi amigazo pero que si me ve por la calle seguro que me pasa la voz. buena gente el negro, leyenda del fútbol nacional, un ganador el moreno. una vez entré en su depa con un gordito mañosón que quería tener *cherrys* conmigo. yo era chiquillo y no computaba que el gordito quería chorrearme la mano, y este gordito al parecer era socio del negro, y ahí estamos los tres sentaditos en la sala departiendo muy amigablemente sobre el fútbol mundial y la chucha del gato, y yo mirando los retratos familiares del negro, tremendo ídolo de la afición, viendo las fotos de su señora esposa, de sus pequeños hijos, admirable esposo y padre de familia el negro, un montón de fotos por todas partes, orgullosísimo él de sus cachorros, y los muebles bien a la tela, con su forrito más para que se conserven con el paso de los años que, inmisericordes, todo lo destruyen. tremendo futbolista y gran ahorrador el negro rubiños, que, a diferencia de otros talentos del fútbol nacional, supo amasar fortuna para asegurar su futuro y el de sus seres queridos. bien por ti, negrito, y que sigan los éxitos.

sigo caminando por pardo y veo asqueado cómo entran y salen las ratas por los huecos del desagüe, y por eso no camino por la alameda central, que tiene sus banquitas y sus faroles amarillos, de lo más peatonal, porque cuando caminas por ahí de noche salen unas ratazas enormes, gordas, que parecen pingas de moreno. camino rápido, con miedo. me dan miedo las ratas. en ese momento odio lima. puede ser una ciudad tan deprimente. y conste que no pido mucho, solo pido una ciudad donde pueda caminar de noche sin que me salten ratas encima.

así voy levemente por la vida, tratando de ignorar a las ratas que se van adueñando de la ciudad, caminando con mi pañuelito de seda por la céntrica avenida pardo de miraflores y sintiéndome, a pesar de las ratas y las carcochas y las putas y los policías coimeros y los pirañitas ansiosos por arrancharte el reloj, sintiéndome de lo más libre y de lo más gay.

mariano, tengo ganas de verte.

voy a tu casa. aunque me encuentre con tu vieja. que se joda la cara de perro. quiero verte. quiero verle la cara al chico suave con quien he hecho el amor.

además, ya me siento mejor. ya no estoy tan golpeado por la juerga de la noche anterior. porque los pichangueros bravos (y yo era bravazo por entonces, ahora estoy retirado de por vida), los pichangueros bravos se recuperan rápido y al día siguiente, a los dos días, ya están de nuevo que les pica la ñata, ya están mordiéndose los labios por un par de ricos tiritos para ponerse en pie de guerra.

sí, buena idea: en vez de aparecerme de golpe, lo llamo primero por teléfono.

entro al haití y lo llamo desde el teléfono de la caja y si no lo encuentro, mejor no paso por su casa. porque tampoco quiero ganarme un pleito jodido con su vieja. a uno le gusta ir por la sombra. no quiero *cherrys* contigo, cara de perro.

por suerte tengo el teléfono de mariano en la cabeza. porque así, coquero como ven, tengo buena memoria para los teléfonos, sobre todo si se trata de un chiquillo guapetón y coqueto como el mariano de mis amores.

ay, cómo te extraño, desgraciado.

apuro el paso, camino al lado de la librería época, donde antes iba a hojear las revistas de fútbol y a chequear el último *¡hola!* para ver a quién se había levantado ahora la sabida de chábeli, que está de lo más maja, pero que no se compara con los guapitos de sus hermanos, que son un par de morenos deliciosos, ay cómo me gustan los hijos de julio, me puedo morir.

y sigo caminando rápido porque tengo que ver a mariano, necesito verlo, y paso al lado de la lavandería donde antes llevaba mi ropa sucia y le daba toditos mis calzoncillos a la china gordita y buena gente que me atendía de lo más gentil y que agarraba mis calzoncillos sin asco, con todo el cariño del mundo, de lo más calzoncillera la china lavandera, seguro que en el fondo bien que su chuchita achinadita le estaba pidiendo pichina, pobre mi china pichina. y sigo embalado, apuradazo, con cara de loco bravo, porque yo cuando tengo ganas de estar con un chiquillo, no sé, medio que me cruzo, medio que pierdo la razón.

listo, ya estoy en el haití.

no podían haberle puesto nombre más apropiado a ese café de miraflores. porque, como todo el mundo sabe, haití es una broma de país. y no me digan que exagero: ¿quién carajo quiere irse a vivir a haití? nadie, pues. todos los sufridos negros haitianos quieren zafar de allí como sea, en llanta, en boya, encima de un cocodrilo, como chucha sea. pobres mis negros que se mueren ahogados por decenas y son carne rica/riquísima para tanto tiburón desalmado que merodea por esas aguas cálidas.

y así como haití el país es, digamos, un lugar poco agraciado, haití el café miraflorino hace honor a su nombre y es también un lugar bastante infame.

en el susodicho cafetín haití se juntan todos los perdedores de la ciudad a rumiar sus fracasos y a intercambiar rencores y a comentar los estúpidos chismes políticos locales que a quién le importan, corazón: ¿a quién diablos le importa lo que pasa o no pasa en el perú, si el perú es un paisucho perdido en la cola del tercer mundo, jugándose el descenso al cuarto mundo, en apretada situación, en capilla como se dice en el argot deportivo, o sea, y para que se me entienda mejor, viendo de cerca el temible fantasma de la baja?

nadie quiere ir a tomar un café al haití, salvo los perdedores y las viejas putas que quieren levantarse a algún pendejerete en alquiler y los actores mariconazos que se alucinan marilyn con pinga.

no vayas al haití, corazón. quédate en tu casa. ahórrate el café y no te juntes con perdedores. y un saludo a toda la linda gente que ahorita está tomándose su cafecito en la terraza del haití. como decía un amigo que ahora es ex amigo (porque desgraciadamente a mí los amigos no me duran mucho), lo mejor que podría pasarle a lima es que un buen día viniera un rochabús y echara potentes chorros de ácido muriático a todos esos cacasenos que están tomando su cafecito y su cervecita y su sanguchito mixto en la terraza del haití. y no por alguna razón en especial. simplemente porque sí. porque me haría mucha gracia ver un rochabús tirando un chorrazo de agua sobre la concurrida terraza del haití.

entro al haití con mi carita sufrida y timidona y trato de no mirar a nadie porque no quiero que me reconozcan y me pasen la voz y me pregunten *¿quién va hoy a tu programa, gabrielito?*, porque la verdad que ni yo sé quién diablos va hoy a mi programa, nunca me entero quiénes son los invitados hasta el preciso momento en que llego al canal y mi productora me dice *hoy vienen fulano, mengano y zutano, y va a tocar la orquesta de perencejo*, y yo *okay, okay, perfecto*, porque la verdad es que me da exactamente igual hablar con cualquiera con tal de que el programa salga al aire y me paguen puntualmente.

ya estoy en el haití entre tanto borracho y maricón, y por suerte nadie me ha pasado la voz, porque saben que soy medio atravesado y *mejor no le digas nada, hermano, ese flaco es recontratímido, en la televisión parece que se transforma, dicen que jala coca que da miedo antes de su programa.* (aclaro, *by the way*, que eso no es del todo cierto. no voy a negar que a veces he salido medio pichangueado o estón en mi programa, pero esa es la excepción a la regla. la regla, ¿cuál es la regla? ya no me acuerdo. lo único que sé es que cuando a tu hembrita no le viene la regla, estás jodido).

no te distraigas, chino, estábamos en el haití.

he entrado para llamar por teléfono a mi carnal mariano. porque tengo ganas de verlo. y porque tengo un par de horas libres antes de ir a la tele. así que me acerco a la barra grasosa y le pido al cajero angurriento y estreñido con su bigotín de mariachi (el mismo viejo impresentable que trabaja en la caja del haití desde que fui por primera vez; qué ganas de joder, carajo, ¿cuándo te vas a morir y vas a dejar de mirarnos con esa cara de resentido, matusalén?; ojalá te dén un síncope cardiaco o un buen enfisema pulmonar con pura flema a ver si te vas de una vez y dejas paso a las nuevas generaciones de pujantes que anhelan tener una chambita así decente nomás, hermano, cajero del haití está bien para comenzar, primito), le digo al matusalén *buenas, ¿me permitiría usar su teléfono si fuera tan amable?*, y el viejo jijuna me dice *¿cómo no?, son cinco mil soles los tres minutos,* y yo pienso *viejo ratero, hijo-de-mala-madre, cinco lucas por una llamadita es un asalto a mano armada,* pero ni modo, chino, saca no más tu billetera y paga, porque tampoco vas a salir a la calle a llamar de esos teléfonos públicos que apestan a serrano piojoso y que para concha jamás funcionan, porque si alguien encuentra un teléfono público que funcione en toda la puta lima se gana una invitación para tomar lonche con luis miguel en la rosa náutica. (y dejo aquí constancia de que yo una vez tuve mi *cherry* con el guapetón de luismi. fui superemocionado a entrevistarlo a su *suite* y el juvenil divo mexicano bajó encoloniado y bostezando porque acababa de despertarse de una siesta prolongada para mitigar los crueles efectos del *jetlag*, que como se sabe afecta principalmente a la gente de la farándula, y nos dimos la mano y conversamos de lo más bien sobre un montón de cosas livianas y pasajeras de las que ya ni me acuerdo. de lo único que me acuerdo es de que el divo estaba riquísimo y además tenía un avión privado y yo me imaginaba al guapo de luismi corriéndose la paja en su avión privado y se me hacía agüita la boca. será por eso que al final, cuando ya nos despedíamos y él seguía bostezando de lo más sobrado, le dije yo al divo, en un momento de audacia increíble, *déjame decirte que hueles riquísimo, luis miguel,* y él y su séquito de ayayeros se descomputaron toditos, y el divo se cagó de risa y se quitó al toque de lo más nervioso).

qué barbaridad, nadie me ha preguntado si conozco a luis miguel y ya les conté, de lo más impúdico yo, todo mi *cherry* con el divo. *sorry,* chicas, pero no puedo con mi genio. pienso en luismi (o micky, como le decimos sus íntimos) y me dan ganas de salir corriendo a matricularme en su club de fans. porque es de justicia reconocer que el juvenil divo mexicano ha mejorado una barbaridad en los últimos tiempos, y ese discacho que me ha sacado en el que canta boleros me tiene lelo, lo que se dice lelo, o sea, templado del divo y sus politos blancos tan pero tan remangaditos. ay, luismi, micky, divo divino, acuérdate de tus fans peruanas que te extrañamos a morir.

le doy los cinco mil soles al matusalén del haití, *cóbrese, señor,* y agarro el telefonito rascuache y trato de marcar el número de mariano pero el maldito aparato no funciona. entonces, con toda la calma del mundo, matusalén saca un llavero donde tiene un chuchonal de llaves y me dice *un momentito, jovencito, que tengo que abrirle el teléfono.* el puta mete su llave al teléfono y me dice *servido, y, por si acaso, el minuto extra sale a mil soles.* yo sonrío mansamente y marco el número de mariano y pienso *ahorita te mueres y nadie te va a extrañar, viejo tacaño, todos estos viejos perdedores como tú, que están ahorita tomándose su cafecito bien despacito porque no tienen plata para pedirse otro, todos estos cocharcas van a hacer una parrillada cuando te metan bajo tierra y te echen cemento encima, viejo cabrón.*

matusalén sigue fumando su cigarrito negro que apesta a mierda. cigarro de guano debe de ser, carajo.

yo escucho *ring, ring, ring, y* nadie contesta. contesta, mariano, dime que estás ahí y que puedes verme aunque sea un ratito. *ring, ring, ring.* contesta, pues, rockerito, ¿dónde estás? y en eso que estoy esperando a que mariano conteste, escucho una típica conversación telefónica. porque quien ha vivido en lima sabe que cuando llamas a cualquier número casi siempre escuchas a dos oligofrénicos/ onanistas hablando cosas tipo *oe, ¿cómo te llamas, amiga?,* y ella *¿qué te importa, oe, metiche?,* y él *ya, pues, flaquita, ¿cuál es tu teléfono?, solo quiero ser tu amigo,* y ella se ríe cojudísima y pierde aire y *no tengo teléfono, no te puedo dar mi teléfono porque no tengo teléfono,* y él, pendejazo, *entonces, ¿de dónde estás llamando ahorita, pues, amiga?,* no me vaciles, pues, mamita, no seas sapaza,* y ella *ya no te pases, oye, no seas confianzudo tú tampoco, que ni siquiera me conoces,* y él *ya quisiera conocerte, flaquita, ya quisiera intimar contigo, déjame tu teléfono, pues, para hacernos amigos,* y ella, siempre cojudísima, se caga de risa de nuevo y *no puedo porque tengo enamorado,* y él *no importa, mamita, yo no soy celoso,* y ella *ya no te pases de sapo, oe,* y él *lo que pasa es que tu voz me parece recontrasensual, amiga,* y ella *ay, la verdad es que tu voz también está superchévere,* y él *¿cómo te llamas?, dime, pues, cómo te llamas, no me arroches, no seas mala, no me hagas sufrir,* y ella se demora y suspira y puja y por fin *me llamo etel, pero me dicen etelita,* y él *chévere tu nombre, etelita, bien chévere, ¿etelita qué?,* y ella *etelita nomás, no te puedo decir mi apellido porque si no me sacas* *mi teléfono en la guía y ya te dije que tengo enamorado y que si se entera te saca la mugre, porque es enfermo de los celos mi costilla,* y él *ya, pues, etelita, solo quiero ser tu amigo, solo quiero estar contigo para romperte la telita,* y ella *¿qué?, ¿qué has dicho?,* y él se caga de risa y ella también y, maldición, nadie contesta, *ring ring ring,* y matusalén me mira estreñidazo y por fin, no hay duda, dios es peruano, *aló.*

aló, ¿está mariano, por favor?, digo yo, y escucho una voz de hembrita que me dice *no, no está, ¿de parte?,* y yo *de gabriel,* y ella *¿gabriel qué?,* y yo me demoro, la hago larga y, en voz bajita para que matusalén no se gane con todo, *gabriel barrios,* y ella *hey, choche, no te había reconocido, soy nathalie,* y yo *hola, nathalie, ¿qué ha sido de tu vida?,* y ella *acá, tranquilaza nomás; oye, el mariano ha salido,* y yo *caray, qué piña,* y ella *hace un ratito nomás salió, no dijo adónde iba,* y yo *bueno, no importa, solo quería saludarlo,* y ella *¿y a mí no me saludas?,* y yo me río y *claro que sí, nathalie, claro que sí,* y chequeo mi reloj para que no se me pasen los tres minutos y el matusalén condenado no me robe más plata con este teléfono asqueroso que no deben de haber limpiado hace mil años porque apesta a estornudo de viejo sarnoso, y ella *¿quieres que le diga algo al mariano?,* y yo *no, nada, solo quería saludarlo,* y ella *¿por qué no te vienes y lo esperas acá, que a lo mejor ha ido a la esquina a comprar cigarros?,* y yo chequeo otra vez mi reloj y veo que falta hora y media para las fatídicas diez de la noche, y me acuerdo del potito paradito/ redondito/durito de la nathalie y le *digo buena idea, paso por ahí en un ratito, de paso que te saludo,* y ella *mostro, te espero,* y yo *chau,* y ella *chau, pues, chico de la tele,* y los dos nos reímos y colgamos y le digo *gracias, señor* a matusalén y el vejete malparido ni me mira, me ignora y sigue fumando su condenado cigarrito de guano.

salgo del haití y camino bien machito frente a las mesas de la terraza porque sé que me están chequeando, siempre que paso por ahí camino rápido y machito, con cara de duro, de malo, con cara de *necesito ir a comprar coca porque en hora y media arranca el programa*, y siento que la gente me mira y dice *manya, ahí va el atorrante de barrios*, y yo sigo apuradazo, como si tuviese algo importante que hacer, pero, la verdad, estoy vagando de lo lindo, estoy yendo a casa de la chibola nathalie a ver si me gano con algo, porque si no puedo agarrar con mariano, a lo mejor cobro *placé* con la chata de su hermana y ya me estoy ganando alguito, primito.

paso por la pizzería y sigo caminando bien machito y me acuerdo de la famosa ley romana, *primero con el hermano, después con la hermana*, sabio y antiguo precepto que me enseñó el finado orlando burga, viejo periodista del diario *la prensa* de lima que murió víctima del alcohol en un miserable cuartucho al lado del centro comercial risso. (no te perdiste gran cosa, orlando, porque al poco tiempo que te fuiste dejando tu cuarto lleno de botellas de vodka, al poco tiempo nomás el periódico se terminó de ir al carajo y quebró y se hundió como una barcaza vieja y nadie en lima lo llora ahora).

ya voy por ti, nathalie. no sé por qué me recuerdas tanto a estefanía, la princesa. ojalá seas una jugadora brava como ella, que siempre me gustó mucho, tal vez porque de chiquilla tenía una pinta medio hombruna, y a mí me gustaba alucinar que la princesa tenía tetas y pinga y yo me la agarraba así, salidita de las páginas de *¡hola!*, y me la contrazueleaba y doble-atoraba a la stephie de mi corazón. ay qué rica era la vida cuando uno leía *¡hola!* y trabajaba en *la prensa* y escribía editoriales sobre las desgracias sentimentales del principado de mónaco.

voy caminando por larco. avenida fea y llena de autos y comercios baratos y librerías de las que te puedes robar un libraco sin mucho trajín y heladerías dudosas donde si te comes un helado te da una diarrea segura y tienes que ir a cagar cada vez que das paso a comerciales. y créanme que no hay nada más jodido en el mundo que hacer un programa de televisión cuando estás con diarrea. ah carajo, eso sí que es un arte. con mucho aplomo y una media sonrisa dices *una pausa y volvemos*, y luego te paras, te quitas el micrófono a la volada y corres al baño, y por supuesto el baño del canal apesta a mierda porque no lo limpian hace mil años, y te sientas en el wáter a la velocidad del rayo, y, sin respirar porque el baño es un asco, cagas a cien por hora, y como no hay papel higiénico no te limpias el culo porque nunca hay papel en ese inmundo baño del canal, y te subes el pantalón así nomás, qué chucha, y regresas corriendo al estudio y te pones el micrófono y sonríes tranquilazo y *bienvenidos de vuelta al programa, amiguitos*. y sigues hablando tus cojudeces habituales pero en el fondo lo único que te preocupa es una sola, persistente e irritante cuestión: *maldición, me estoy escaldando*.

llego al edificio con olor a mondonguito y toco el timbre y pienso *ojalá que no esté la cara de perro* y escucho *¡gabriel!*, un grito así bien recio y achorado. y ni cagando que el intercomunicador ya lo arreglaron para que suene así tan fuerte: no, es nathalie gritándome desde la ventana, sonriendo la pendeja con su cara de escolar mañosa que ya quiere comer con su propia mano, y yo *hola*, y ella *espérame, ahorita bajo*, y yo *okay, no te apures*, y ella *bajo al toque, espérame*, y zafa de la ventana y yo pienso *por algo no quiere que suba la pendeja, algo no quiere que vea, a lo mejor está su abuela y la vieja está con un severo ataque de flatulencia y está ejecutando un gaseoso concierto en plena sala y la nathalie, ni cojuda, quiere evitarme el mal rato*. así que, caballero, me quedo paradito en la puerta del edificio y pienso que es una verdadera lástima que mariano no esté, porque eran muchas y muy fuertes las ganas que tenía en la baja espalda de verlo y palparlo y sentir en mis cavidades traseras la firmeza de su virilidad penetrándome todito hasta el fondo, hasta que me duela rico. pero me digo luego que como premio consuelo tampoco está tan mal la nathalie. porque la chiquilla, si una virtud tiene, es que está durita, bien agarrable, y se nota que la entrepierna le está reclamando a gritos una verga enhiesta que la haga feliz.

ay, nathalie, si supieras que te entiendo, chiquilla. yo también sé lo que es desear a un chiquillo pendejito y guapetón. yo soy gay pero tampoco soy dogmático, cariño, y si no me puedo agarrar a un chico, me levanto a una hembrita nomás. después de todo, lo importante es cachar. el que deja de cachar, en una de esas se olvida, y mejor no hay que correr ese riesgo, digo yo.

hola, *gabriel*, grita nathalie bajando a la carrera las escaleras, y se me viene encima putísima y felicísima y ajustadísima en su *blue jean* wrangler y su polito de bob marley que aún no conoce el detergente y sus zapatillitas reebok imitación compradas seguramente en el mercado de pulgas del óvalo higuereta. bien por ti, chiquilla. una hace lo que puede. ya cuando viajes a miami podrás comprarte tu ropita chévere. por ahora conténtate nomás con higuereta, que igual estás bien rica y agarrable, enana.

y yo *hola*, *nathalie*, *qué gusto verte*, y nos damos besito en la mejilla, *chup*, *chup*, ay qué rico, las dos señoritas se saludan así superdelicadas, y ella se caga de risa con solo mirarme y yo sonrío también y ya estamos caminando a ninguna parte y ella me dice *vamos un ratito al parque* y yo le digo *okay*, *vamos* y caminamos rápido, apuradazos, y yo recién computo que la chata no es chata sino enana, porque la nathalie empinándose con las justas me llegará al ombligo. pero qué diablos, igual estás rica, corazón. me gustan tus labios carnosos de chupadora brava, labios hinchaditos y voluptuosos y sensuales y bien mordisqueables para qué.

y ella me pregunta *¿y qué ha sido de tu buena vida?*, y yo *ahí, tranquilo*, y ella *¿tranquilo como operado?*, y yo *tranquilo como operado*, y ella se caga de risa y me dice *mentiroso, tú te haces el tranquilo pero bien que tienes cara de sapazo*, y yo sonrío nomás y pongo cara de sapazo, porque noto que ella quiere alucinar que estoy calenturiento y picarón y con ganas de ponerle la mano encima y meterle mi dedito en su coñito adolescente. pero no, yo solo estoy con ganas de matar una hora y sentirme libre un rato antes de ir a mi prisión, la condenada televisión.

así que cagándonos de risa llegamos al parque salazar, ese parque tristón que está al final de larco, ahí donde venden globos, ahí donde me encantaba bajar del carro de mi madre cuando era chiquillo y ver todos los globos de miles de colores y pedirle a mi madre *un globo, por favor, mami, un globo, por favor, mami*, y ella *no, gabrielín, no podemos gastar plata en globos*, y yo dale con *un globo, por favor, mami*, y ella dale con *que no, gabrielín*, y tanto quería yo un globo que un día me arrebaté y agarré el globo del salchichón (ahora que lo pienso, por algo agarré el salchichón), agarré el globo del salchichón y lo jalé fuerte para tenerlo conmigo aunque sea un ratito y, *pum*, sonó como la gran puta, como si hubiera reventado un coche bomba con cien kilos de dinamita, y di un salto en pánico y el globo chau, buenas noches los pastores, acababa de estallar por los marinos aires miraflorinos, y el cholo leal que vendía globos a las señoras pitucas como mi linda señora madre me miró feliz, cagándose de risa, no precisamente por buena gente sino porque sabía que mi señora madre le tendría que pagar el globo del salchichón, como en efecto ocurrió, y después, por supuesto, ella aprovechó para darme un sermón de campeonato y explicarme por qué *diosito no quiere que tu mamita te compre globos cuando hay niños pobres que no tienen ni qué comer, gabrielín*.

nathalie y yo nos sentamos en una banca, y el parque está oscurazo, y por supuesto hay varias parejitas de arrechos sobándose y frotándose y diciéndose mañoserías, porque en lima, a falta de otra diversión, la gente siempre encuentra tiempo para la mañosería y el arte de calentarle los huevos al novio en el parque.

nathalie me cuenta un culo de cosas, habla como lora la chiquilla.

me cuenta que está empinchada con su vieja porque la cara de perro no la deja tranquila, todo el día jode y jode con que *haz tu cama, haz tus tareas, no hables tanto por teléfono, ordena tu cuarto que está hecho una pocilga*; me cuenta que se lleva fatal con mariano porque *el conchudo de mariano sí puede hacer pendejada y media pero a mí, que ya tengo diecisiete años, la vieja no me deja regresar después de la una de la mañana y si regreso a la una y media me hace un roche de putadamadre*; me cuenta que dos de sus mejores amigos, chiquillos recién salidos del colegio, cayeron en roma con un ojete de coca y ahora están en una cárcel italiana *por cojudos, pues, les dije que no se metieran en eso, les dije que iban a terminar mal*; me cuenta que el año pasado terminó en los reyes rojos, *un pase de vueltas el colegio porque algunos profesores fuman bates con los alumnos y es todo superliberal*, bien por ti, fumona; me cuenta que está con enamorado pero ahora están medio peleados porque el pendejo le sacó la vuelta con una amiga y ella no es ninguna cojuda para dejar que su enamorado agarre con otra, *o te contentas conmigo o pon primera y arráncate, compadre, le dije, y él se achoró y se borró del mapa y hace tres días que no me llama, así que oficialmente estamos peleados, pero la verdad que lo extraño un culo a coquito, ¿para qué te voy a mentir, gabriel?, estoy templadaza de él y no sé qué hacer, porque estoy sufriendo horrores*; me cuenta que no sabe qué coño hacer por la vida porque *a la universidad no voy a postular ni cagando, gabriel, primero porque no la agarro y segundo porque no quiero aburrir-*

*me estudiando una cojudez tipo administración de empresas, que
la verdad no me interesa para nada*; me cuenta que sus amigas
van a postular a la academia charles chaplin para estudiar
producción de televisión y yo le digo *genial, eso suena bien*,
y ella *sí, pues, a lo mejor me meto a la chaplin*, y yo pienso *hablando de chaplin, ¿por qué no me das un buen chaplin y te callas
la boca y me demuestras cuán mamona y putita eres, chibolita de
diecisiete años que ya debes tener varias pingas en tu haber?*

y después de hablar mucho/demasiado con sus pier-
nitas cruzadas y su boquita carnosa y su afilada nariz y sus
ojitos achinados y su semirrubio pelito enrulado, nathalie
saca su arrugada cajetilla de cigarros premier y para mi
sorpresa aparece así, de la nada, un tronchito tentador y
me dice *¿no te jodo si fumo, no?*, y yo, feliz de la vida porque la marihuana siempre ayuda a crear un sentimiento
de complicidad, *nada que ver, de paso que me invitas un to-
quecito*, y ella se caga de risa y *¿no jodas que tú te fumas tus
tronchitos?*, y yo *claro, ¿acaso porque salgo en la tele no puedo
fumar de vez en cuando?*, y ella cagándose de risa prende el
troncho y me lo pasa y fumamos y nos atoramos y tosemos
y nos cagamos de risa, no por algo, solo por cagarnos de
risa, y yo me torturo pensando *a esta chata se la quiero meter por el poto, la quiero atorar por atrás*.

así que, sin más preámbulos y consciente de que ya
pronto tengo que zafar hacia la maldita televisión, me
acerco a ella como un reptil hambriento de culito joven
y le hago cariño en el pelo con mi carita de *este no mata
ni una mosca* y le digo *eres muy guapa, nathalie*, y antes de
que ella me diga nada ya estamos chapando con lengüitas
locas que se mueven y se entrelazan y se chupetean rico.

me gusta cómo chapas, enana, se ve que de familia te
viene la arrechura.

nos mordisqueamos un rato largo y solo se me para
a medias porque en algún rincón de mi torturada mente

estoy pensando en mariano y cuando me aburro de chapar le digo *sorry, nathalie, pero tengo que zafar*, y así nomás me arranco y camino hacia la avenida y paro un taxi y me quito y la dejo jodida, mojadita a la chata, porque bien que le ha gustado chupetear conmigo.

¡llámame mañana!, me grita, justo antes de que yo suba a esa graciosa carcocha que hace las veces de taxi.

y luego escucho que me grita *¡mándame saludos en tu programa!*

estoy voladazo. voy a cambiarme a la velocidad del rayo. estoy bien estón. huelo jodidamente a marihuana. tengo los ojos hinchadazos. me echo una catarata de gotas, me pongo un terno y una corbatica armani de cien dolarillos y tomo un taxi y sigo voladazo, relajadazo, y, modestia aparte, solo un grandísimo sinvergüenza tiene las pelotas de salir bien fumado en la televisión peruana.

y así ocurre, en efecto, y seseo como subnormal, y tomo litros de agua, y sudo, y siento que los reflectores me están quemando el cerebro, y me arrepiento de haber fumado, y siento que estoy haciendo un programa aburridón y cagón, pero qué diablos, con tal de que me paguen, y al final le mando saludos a nathalie, digo *a mi amiga nathalie, un beso, y ya sabes, nos vemos mañana en el parque*, y los camarógrafos se cagan de risa y yo digo *chau*, y salgo apuradazo del canal porque quiero largarme cuanto antes de ese edificio maloliente y fantasmal.

y entonces, bajando las escaleras, ya en la calle, me doy cuenta de que hay un apagón de putamadre, que todo está a oscuras, que nadie en lima ha visto el estúpido programa que acabo de terminar.

soy un gran cojudo, pienso, *estoy estonazo haciendo un programa de televisión en una ciudad que está apagada, me tengo que ir de lima, me tengo que ir pronto de aquí.*

V

pero no me fui. no todavía. porque no me atrevía y porque me gustaba mucho la coca y porque además había conocido a mariano y tenía muchas ganas de hacerle el amor otra vez y sentirlo dentro de mí.

mariano. vuelvo y regreso a ti, como dicen en santo domingo, no sé por qué, a veces pienso que ya estás muerto. dudo que hayas podido dejar la coca y el pastel y todas las cochinadas que te metías para escaparte de esa vida miserable a la que, sospecho, te condenó tu padre por largarse de tu casa cuando eras chiquillo, por darte la espalda como un canalla toda su vida. dudo que hayas podido zafar del sórdido mundo de las drogas como zafé yo de puro macho, porque soy maricón pero cuando tengo que poner huevos, me fajo. lo dudo, mariano. debes de haber seguido maltratándote sin asco, y tu cuerpito de murciélago ya no aguantaba muchas juergas más. a lo mejor sigues tocando guitarra en el metro de madrid (eso fue lo último que me contaron de ti, y me pareció fantástico, porque tocabas lindo y porque madrid es una belleza), pero el otro día soñé que estabas muerto, que la coca te había destruido, y tal vez por eso tengo ahora la urgencia de contar cómo fue nuestro encuentro.

volví a verte en la calle de las pizzas. habían pasado unos cuantos días y no te había visto y estaba extrañándote a morir. y tú no me llamabas. es verdad que yo aún no tenía teléfono en mi depa del malecón, pero igual hubieras podido pasar por ahí cualquier tarde y tocarme el timbre para acurrucarte un ratito conmigo. pero tú, nada, castigador. y yo con tantas ganas de verte.

esa noche salí de la televisión y fui corriendo como un energúmeno a mi departamento (qué rico era salir de la televisión y manejar a toda velocidad por el zanjón y sentir que toda lima estaba durmiendo y que yo podía correr a ciento cuarenta feliz porque si me paraba un policía no me iba a decir nada y encima me iba a pedir un autógrafo para su señora esposa) y llegué hecho una bala a mi depa y como siempre me quedé hablando un ratito con el cholo huamán, que tenía su televisor chiquitito, y recontrafiel el cholo me veía todas las noches y me comentaba el programa y se jaraneaba solito con mis payasadas (gracias, cholo, por ser tan leal y por sonreírme siempre que yo entraba al edificio) y entré en mi depa que con las justas tenía una cama y un colchón sin sábanas y un equipo de música, punto, nada más, porque nunca me ha gustado llenar mi casa de muebles innecesarios, y al toque nomás me quité toda la ropa embustera que me ponía para salir en la tele, mis saquitos del corte inglés y mis corbatitas armani y mis trajinadísimos zapaticos bally, y con las mismas me saqué el nauseabundo maquillaje que me daba un aire a loca brava (no es por nada pero así, maquilladito y con laca y con los labios pintaditos de rojo intenso, ay, me puedo morir, ya estaba lista para salir a bailar en el elenco de mi amigo el famosísimo travesti pocho noel, que es de lo más amigable y refinado y bailarín, y conste que él y yo solo somos amigos, nunca ha habido *cherrys* de ningún tipo entre nosotros a pesar de todas las calumnias de la prensa amarilla, que no sé por qué le dicen amarilla y no, por ejemplo, rosada. y un saludo desde aquí para mi pocho noel, y felicitaciones, pochito, por atreverte a ser una loquita en una ciudad tan hipócrita y reprimida como lima la horrible. bien por ti y que sigan los éxitos, pocholo, y tú y yo sabemos que lo nuestro nunca pasó de la amistad y la común solidaridad que sienten dos locas bravas en lima la horrible. ahora, eso sí, pochito, antes de chapar contigo, prefiero que me chanque un tren, ¿ya?, porque a mí me gustan los chiquillos bien machitos y achorados, y no las loquitas como tú, que tanto polvito se echan en la cara, ¿me entiendes, pocholo?, y no te ofendas, ¿ya?).

así que me cambio y me echo colonita y salgo embalado y pienso *vamos a ver si está mariano en su departamento con olor a mondonguito.*

recién me siento libre de nuevo, voy a cien por la pardo que a esa hora está vacía y con las justas chequeo a las dos o tres putas que siempre están paraditas en la esquina de la librería época, pobres puticas potonas que tienen que abrirse de piernas ante cualquier peatón arrecho que encima de repente les pega y las insulta y no les paga.

voy manejando el volvo de mi madre. me lo ha prestado porque, aunque no confía en mí, la verdad que le da igual. ella nunca les ha dado demasiada importancia a las cosas materiales. qué linda mi mamá, tan espiritual ella, tan desapegada de las cosas materiales porque tiene cuatro empleadas, chofer y jardinero. y cuando el papa polaco vino a lima (papa, amigo, yo no estoy contigo), cuando el papa polaco llegó de lo más viajero y con su papamóvil, mi madre entró en trompo y se entusiasmó como una quinceañera con los menudos y fue a todos los mítines del polaco y cantó hasta perder la voz y fue hasta a una barriada de *brownies* para escuchar en vivo el discurso del papa, al papa *unplugged* digamos, y se pasó una noche entera echadita encima de esteras y entre un montón de beatas pitucas, todas pernoctando a la intemperie para ver a la mañana siguiente a su admiradísimo papa polaco. linda mi mamá, tan pía ella, tan pernoctadora a la intemperie porque su fe es así de grande y maciza como una montaña. pobre mi mamá, no se merecía un hijo gay. ella merecía que uno de sus dos hijos fuese un cura de lo más devoto y sin poto como el padre alcázar (y un saludo cariñoso al padre alcázar, tan amigable ella, siempre que me ve me saluda cordialísima y nos reímos las dos de lo más ama-neradas y me dice *te estoy viendo en la tele*, *no creas que no te veo*, pero ya no me felicita como antaño, cuando yo asistía puntualísimo y contrito y odiándome por ser gay a su do-minical prédica parroquial que tanto fervor inspira entre las viejas cucufatas que lo adoran y lo aplauden en misa y le hacen galletitas de chocolate y no le chorrean nunca la mano porque alcázar es una loca de campeonato y juraría yo que casta/castísima).

y cuando estoy pasando al ladito de la calle de las pizzas, lo veo al mariano.

coño, qué suerte.

ni cojudo, paro en el semáforo de shell (o, como di-cen algunos en lima, *chel*) y doblo frente a la tiendita de los tablistas pitucones que se compran sus politos estam-pados para estar bien a la moda y cuadro el volvo en el primer hueco que veo y le prendo la alarma y me chequeo en el espejo para ver si estoy presentable y me arreglo un poquito el pelo: ya me lo tengo que cortar, diablos, tengo que ir a tommy's, la mejor peluquería de lima, para que el mariconcito que siempre está en sandalias y con una túni-ca oriental de lo más putona me haga mi cortecito así, con cerquillo y con dos niveles atrás, yo diciéndole *así como en la revista*, *porfa*, *y no me cortes mucho adelante porque si no se me ve quijadón*, y él *ay*, *no te preocupes*, *gabrielito*, *que yo a ti te corto con los ojos cerrados*, *ya sé perfectamente cómo cae tu pelo que es tan lacio*, *tan suavecito*, y el peluquero cholo-chino me hace cariñito en el pelo y mueve su dedito gordo en su sandalia pezuñenta y yo pienso *suave, loco kimono, suave que estornudas y me pasas el temido mal del sida.*

camino por la calle de las pizzas, no hay mucha gente a esa hora, es tarde y día de semana, o sea que solo están los borrachos y coqueros de siempre, que no son muchos porque algunos ya están presos y otros en el cementerio, y me pasan la voz de por ahí, *hey, barrios, ven siéntate hermano, te invito un trago,* y yo me hago el tonto y sigo caminando y no volteo porque con esos borrachos no quiero *cherrys,* esos náufragos primero te halagan *oye, barrios, bien chévere tu programa, hermanito, mi señora te ve todas las noches,* y después, ya más en confianza, *pero déjate de huevadas que antes era mejor tu programa, choche, antes en la parte política tirabas labia que daba miedo, ahora en la farándula como que no estás en tu tiro, en tu lote, y perdóname que te hable así, pero yo soy hípico a forro y recontrafranqueza, choche,* y ya cuando están en una borrachera infernal que se les cae la cabeza y en cualquier momento te vomitan el alma, entonces les sale el perdedor que llevan agazapado, el cabrón resentido y malparido que esconden en la sangre, y terminan diciéndome *pero déjate de huevadas, pues, barrios, ¿es cierto o no es cieno que tienes tu calentado con el pocho noel?,* y como no quiero pasar por todo el coñazo de escuchar a un borracho envidioso hablándome mierda, sigo de frente y por supuesto escucho que de la débil penumbra de una esquina me dicen *sobradito eres, huevón, sal de acá, flaco rosquete, programa de mierda carajo, bien hecho que fracasaste en miami,* y yo sigo caminando en apariencia tranquilazo pero en el fondo hirviendo de rabia porque a veces me digo que este es un pueblucho lleno de perdedores y que yo no pertenezco aquí.

me acerco a la mesa de mariano, una mesita paticoja que apesta a vómito antiguo porque cuántos borrachos habrán buitreado la vida entera en esa infame calle que es el punto de reunión de toda la escoria miraflorina (y un saludo a toda la linda gente de la calle de las pizzas, que ahorita debe de estar chupándose su jarrita de sangría y metiéndose sus tirolocos de coquirri en el baño), me acerco a la mesa de mariano, que por suerte no me ha visto, y escucho que el pendejo está cantando, qué cague de risa, debe de estar estonazo para arrancarse a cantar así en plena calle de las pizzas, y me acerco por la sombra nomás y computo que hay un par de chiquillos sentados a la mesa con mariano: ay chucha, están chocando conmigo, flaquitos, parece que vamos a tener que abrirnos a la competencia del mercado. por mí no hay problema, si quieren competir, vamos a competir, porque yo por el culito de mi mariano compito y compito y compito (y otro día les cuento cómo dejé de ser pito).

chequeo a los dos patitas que están con el loco mariano. uno es un guanaco jodido, un indiazo con cara de plátano machacado que debe de ser la reencarnación del inca pachacútec carijo, qué tal cara de indio puneño pezuñento: ¿qué chucha haces tú allí sentado con mi carnal mariano, oye, indígena, nativo, bello exponente del folclor nacional (y para qué, perdonen la interrupción, qué feos somos los peruanos, carajo, qué pueblo para feo es el pueblo peruano de mis amores)? así que mi primera impresión es de perplejidad y asombro y ganas de buitrear, porque yo no salgo a la calle con feos, pues, corazón; los más feos de la tribu solo entran a mi casa en las páginas de *national geographic*, ¿estamos? y chequeo luego al otro chico que está cantando con mariano, porque había olvidado decirles que el indígena también está cantando, los tres cantan en inglés y se alucinan los beatles en pleno *pub* de liverpool, chequeo yo medio desconfiado al otro amiguito, y está bien presentable para qué, o sea, no tan churro y coqueto y deseable como mi mariano, ni hablar, mariano se lo lleva de encuentro, pero sí es gringuito y pintón y además canta bonito en inglés, tiene un inglés bastante aceptable, lo mismo que mariano, que me ha sorprendido porque no sabía yo que hablase tan decente inglés, bien por ti, mariano, porque en estos tiempos, como dice mi padre en tragos, el que no habla inglés es un analfabeto.

uno es un indio de cuidado y el otro, un gringuito medio retaco. y dándome la espalda (eso quiero, mariano, que me des la espalda de nuevo), dándome la espalda e ignorando que estoy allí, el loco mariano sigue cantando feliz de la vida, y por supuesto nadie en la calle de las pizzas le presta la más vaga atención, porque todos esos zánganos y pusilánimes solo están preocupados por seguir chupando y jalando coca barata, pero yo sí quiero oírlos cantar, pues no lo hacen tan mal estos tres lunáticos que se han puesto a cantar en inglés y en plena calle de las pizzas un martes a la una de la mañana, algo que solo pasa en lima, donde las más lúcidas cabezas de la juventud metecabeza saben que no hay ningún futuro y que no vale la pena trabajar duro porque igual no vas a llegar a ninguna parte, igual vas a terminar siendo un perdedor, así que más te mueves, más te hundes, como me dijo una vez un amigo millonario que tiene cinco carros y baila flamenco solito en su depa de quinientos mil dólares con una maravillosa vista al mar.

así que jalo mi sillita y timidón nomás me siento cerca de la mesa de mariano, el indio y el gringuito, y en eso mariano me computa y sonríe y deja la guitarra y los dos huevones siguen cantando porque están voladazos. y se me acerca mariano peluconazo, con un polo que alguna vez fue blanco pero que ahora es ya medio gris-ecología-léase-cochinazo, y me dice *hey, famoso, ¿qué haces tú por aquí?*, y me da la mano, linda mano, mano de artista, mano de ex pajero convertido en aspirante a rockero, y yo *nada, nada, pasaba y te vi,* y él *ven, siéntate con nosotros, estábamos ensayando porque el sábado tenemos concierto,* y yo pienso *no te pases, pues, guapo, el sábado vas a cantar delante de veinte náufragos entre los que yo estaré apuntadazo, pero no llames a eso concierto, ¿ok?,* y yo, feliz porque mariano se paró y me saludó supercariñoso, jalo mi sillita y me siento con ellos y mariano me dice *este es billy* y señala al gringuito que me hace así nomás con los ojos todo bacán y sigue cantando, y luego me dice *y este es harry,* y señala al indiazo que también me hace así nomás con los ojos todo bacán, sal de acá, cara de huaco, saluda bonito que ahorita llamo a la policía y te hago meter preso por feo y por faltarme el respeto carijo, y yo también les hago así nomás con los ojos, y no sé por qué en el preciso instante en que mariano coge su guitarra y se pone a cantar de lo más coqueto e inspirado, no sé por qué en ese momento alucino que mariano y billy están en algodón, computo que los dos son pareja o están así medio templados, no sé, porque ese billy no tiene cara de loca brava, pero lo ha mirado a mariano así-de-medio-lado-y-comiéndose-un-helado y con una sonrisita cómplice que al toque me pone noico y celofán y con ganas de hacer una escena de despecho terrible tipo telenovela venezolana, porque, eso sí, que nadie se meta con mi mariano, por favor, respetos guardan respetos y yo soy sumamente respetuoso de pinga ajena, pero si te metes con mariano estás chocando conmigo, billy boy (y sigue cantando nomás que tan mal no lo haces, a lo mejor llegas a las semifinales de la oti, huevastristes).

siguen cantando los tres y el mozo trae otra jarra de cerveza y ellos chupan con una sed nazi y todo lo cantan en inglés los putos y el mosaico se acerca de nuevo y con una soberana cara de culo les dice *por favor, de parte del administrador, que dejen de cantar porque están molestando a los otros clientes*, y efectivamente desde la otra mesa nos están mirando un par de huevones achoradazos con cara de *cállense la boca, rosquetes, déjenlo chupar a uno tranquilo*, y entonces mariano, que es un descarado y por eso me gusta tanto, le pregunta al mosaico *¿estás hablando en serio o me estás hueveando, compadrito?*, y el mosaico medio que se empincha porque el pobre es un indio como harry y ya está harto de que lo traten para abajo toda la vida, así que le dice a mariano *estoy hablando en serio, flaquito, y no me faltes el respeto que uno está cumpliendo órdenes del administrador, ¿ya?*, y entonces mariano *mira, hermanito, estamos en plena calle y ninguna ley prohíbe cantar en la calle, así que dile al administrador que no se haga paltas y que nos deje chupar tranquilos, qué más quiere que ya nos hemos bajado tres jarras de chop*, y harry corrige *cuatro jarras*, y billy confirma *sí, pues ya van cuatro*, y el mosaico todo resentido le dice a mariano *yo cumplo nomás con informarles lo que dice la administración*, y se retira haciendo bilis el pobre, porque en el fondo tiene ganas de sublevarse y romperle la cara a mariano solo porque *es un blanquiñoso-achorado-fumón-vago-de-mierda, yo no me rompo el lomo trabajando para que vengan malandros como tú a faltarme el respeto, no pues, chuchatumadre, eso sí que no te lo voy a consentir.*

y los tres chiflados siguen cantando a voz en cuello y en inglés y con toda la concha del mundo, y yo ahí sentadito y timidísimo escuchándolos embobado y mirándole de reojo el pechito de gaviota al loco mariano, y los dos ex convictos de la otra mesa siguen mirándonos feo, y yo presiento que esto se va a poner color de hormiga, porque en la calle de las pizzas las cosas siempre terminan mal, es uno de esos sitios malhadados adonde es mejor no ir porque si no hay batida policial, por lo menos es seguro que alguien te buitrea encima, y al ratito nomás se acerca un gordito con anteojos y una panza abusiva, la camisa medio abierta porque le queda apretadaza y el pantalón también al cuete, debe de ser el administrador este gordito, tiene una pinta inequívoca de inútil y atravesado, y se acerca a la mesa caminando así con cara de *agárrenme que les saco la entreputa* y nos dice a los cuatro así, llevándose las manos a los bolsillos como machazo cantinero mexicano, nos dice *ya, pues, carajo, ¿me van a dejar de hacer bulla o quieren que los bote de acá?*, y yo pienso *uy chucha, esto se va a poner feo, ¿para qué mierda paré?, debí seguir de largo y tocarle el timbre a la chiquilla nathalie*, y entonces mariano se para y le dice *¿qué le pasa, míster?, ¿cuál es su problema?, ¿qué le hemos hecho para que nos hable así tan feo?*, y yo me quedo impresionado porque mariano conmigo fue un señorito y se dejó cachar rico, pero con este gordo insolentón bien que se ha cuadrado todo varón, yo ni cagando me atrevería a cuadrarme así, y entonces el gordo dice *ya, mejor se me van de una vez, no quiero problemas con ustedes, de una vez se me van*, y billy y harry se paran y billy protesta *¿por qué nos vas a botar así, oye, si ni siquiera hemos terminado nuestra chop?*, y el gordo *te boto porque me da la gana, huevón; te boto porque este es mi local y me jode que vengan a hacerme bulla*, y billy *no te pases, compadrito, no faltes el respeto*, y harry *no estamos haciendo bulla, oye, estamos cantando*, y uno de los cholones achorados de la otra mesa *si quieren cantar, váyanse al parque, carajo, ¿por qué tienen que venir a jodernos acá?*, y mariano *¿qué te pasa, compadrito?, ¿cuál es tu cherry?*, y los dos achoradazos se paran, y son dos bestiazas con caras de perro llenas de granos y con los ojos así, desorbitados, como miran los peores coqueros de la calle de las pizzas, y yo no me paro, más bien me agacho un poquito para que no me reconozcan, porque no quiero que mañana salga en la primera plana del diario *ojo*: «chico de la tele sale abollado en gresca miraflorina, se sospecha lío de faldas», y entonces el gordo administrador *ya, ya, se me van de una* *vez*, y billy *primero terminamos el chop que ya pagamos, compadre*, y el gordo agarra la jarra de cerveza y, desafiante, la vacía en la calle y yo pienso *ay chucha, ya se armó*, y billy, empinchadazo, *oye, conchatumadre, ¿por qué botas mi chop?*, y el gordo se le viene encima a billy y le zampa un puñete seco en la cara y grita *¡fuera de acá, pasteleros!*, y mariano le zampa a su vez una rotunda patada en el culo al gordo y los dos ex convictos de la otra mesa se vienen con todo y ya se armó la bronca y yo me paro y salgo corriendo hecho una pinga y cuando llego a la esquina volteo y veo a los seis cojudos en una bronca de putamadre y me siento un rosquete porque yo no estoy tirando bronca con ellos, pero jódanse, pues, yo no estoy dispuesto a dejarme abollar por esos borrachosos infectos, y además uno es un artista de la farándula que tiene que cuidar su famosa cara para salir bien churrito y puteril en la televisión nacional.

así que a la carrera nomás llego al volvo, que de milagro está ahí y no se lo han robado, y me subo con las mismas y salgo hecho un avión y pienso *chucha, menos mal salí sin contusiones de esa bronca del carajo, cómo me lo deben de estar maltratando a mi flaco mariano, me van a dejar maltrecha a mi monta oficial, ay, señor, qué injusta es la vida: cuando uno finalmente consigue monta tienen que venir estos jijunas a darle una paliza a mi esforzado jinete.*

sorry, mariano, corazón, pero yo no te defiendo, yo no me agarro a golpes con nadie. la última vez que me lié a puñete limpio era un chiquillo y estaba en cuarto de primaria y el idiota de jimmy castaños se picó porque lo estaba cochineando y me sacó la entreputa, y desde entonces ni más, hermano, ni más.

llego a mi depa a toda carrera y me pongo piyamita, mi bucito nike tan rico, tan suavecito, que me hace sentir una señorita limeña, y me meto a la cama (bueno, es un decir, no me meto porque no hay sábanas, pero al menos me tiro en el colchón que me trajeron los zambos currupanteosos, ay, cómo los extraño a mis zambos cargadores de colchones a estas horas de la madrugada) y pienso *mariano debe de estar todavía sacándole la entreputa a uno de esos coqueros busca-broncas que si no pelean a botellazos en la calle de las pizzas regresan empinchados a sus casuchas, porque esos subnormales tienen, o sea t-i-e-n-e-n que pelearse para desahogar en algún peatón todas sus miserias y frustraciones.*

echadito yo en mi cama, escuchando mi disco de bach que tanto me gusta porque me hace sentir que después de todo esta lima brutal no me ha quitado mi sensibilidad cultural (y, ¿por qué no decirlo?, anal), así echadito trato de relajarme y me quedo pensando que tengo que comprarme una tele para ver cualquier cojudez a las dos de la mañana cuando no puedo dormir porque necesito un cuerpo de hombre a mi lado para sentirme bien y dormir rico, porque yo soy como julio, o sea julio iglesias, que, según dijo alguna vez, si no tiene un mujerón en su cama le da insomnio, solo que yo al revés, o sea, que si no tengo un muchacho guapo y risueño para hacerle cariñito, difícil que tire pestaña rápido, me quedo rebotando y pensando en la chucha del gato y en el papa polaco y en mis señores padres que tantos sinsabores me han causado, particularmente en mi primera infancia.

en esas estoy cuando suena el timbre.

y yo *qué, qué raro, ¿quién chucha viene a tocarme el timbre a las dos y pico de la mañana?*

salgo de mi cama, o mejor dicho de mi colchón, y abro mis persianitas verticales que también he comprado en hogar (porque yo, en cosas del hogar, soy leal cliente de la tienda hogar), y chequeo por la ventana y veo a mi mariano mirando para arriba así todo nerviosón y desesperado y pienso *mariano de mis amores, mi romeo, ahorita me siento julieta aquí en el piso doce y tú mirándome desde el malecón infecto lleno de ratas*. ay, qué emoción, no cualquier día a una la hacen sentirse como una julieta (y, *by the way*, había que ser bien romanticón para ponerles romeo y julieta a un par de cines en miraflores). corro a la cocina apuradísimo porque mariano, mariano, mariano, si pudieras escuchar cómo me está saltando el corazón por ti, mariano está abajo y levanto el intercomunicador y digo *¿mariano?* y él *¿gabrielito?*, y yo *pasa, pasa*, y él *gracias*, y pienso *ay, qué emoción, qué rico se siente uno cuando se siente querido por sus seres más queridos*, y mariano sube por el ascensor y yo pienso *menos mal que no me trajo al guanaco de harry, que ahí sí que no le abro la puerta, porque feos a mi casa no entran, a menos, claro, que vengan a hacerme la limpieza*.

se abre la puerta del ascensor y mariano está abolladazo, le sale sangre por la nariz, tiene unos rasguños muy feos en un brazo y un tremendo moretón en un ojo, y yo *mariano, ¿qué pasó?*, y él *nada, gabrielito, nada*, y entramos al depa y yo cierro la puerta y lo abrazo, superjulieta yo, y él *au, suave, gabrielito, que duele*, y yo *sorry, sorry*, y me siento torpísimo, y él *puta, qué tal broncaza la que se armó, ¿qué fue de tu vida?*, y yo *sorry, mariano, pero yo no sé mechar*, y él se ríe y mueve la cabeza y dice *ay, gabrielito, eres un gran rosquete*, y yo *¿duele mucho?*, y él *no mucho, pero esos huevones mechaban bien*, y yo *¿y qué fue de tus amigos?*, y él *zafaron en taxi, estaban recontramaleteados, nos dieron duro esos chuchasumadres, pero yo al gordo lo dejé bien abollado también*, y yo *¿no quieres darte una ducha calientita, mariano?*, y él *no, no, así está bien*, y camina por la sala nerviosamente, y se muerde los labios, como desesperado, y yo *¿qué pasa, mariano?, ¿qué tienes?*, y él *es que estos conchasumadres hicieron mierda mi guitarra*, y a mí se me parte el alma de ver a mi mariano queridísimo así tan triste porque lo han dejado sin su guitarra y me acerco a él y le hago cariñito en el pelo, *con cuidado nomás porque duele*, y le digo *no te*

109

preocupes, yo te regalo la guitarra que quieras, y él me mira y sonríe y dice *au, me río y duele peor*, y yo *suerte que viniste, mariano, me moría de ganas de estar contigo*, y él me abraza despacito porque duele y yo siento su cuerpo flaquito pegadito al mío, qué rico, y le busco su boquita de caramelo, boquita hinchada como la mía porque los coqueros siempre tenemos los labios hinchados, y le digo *yo te voy a dar todo lo que quieras, mariano, todo*, y él *gracias, gabrielito, te pasas de vueltas*, y le busco su boquita y él se deja y le doy un beso suavecito, despacito, con mucho cuidado, y me quedo con un sabor a sangrecita en la boca y le digo en el oído *ya somos hermanos de sangre*.

luego nos metemos a la ducha calientita y yo lo jabono con cuidado porque *au, carajo, cómo duelen estas heridas*, y después lo seco despacito y le digo *eres tan lindo, mariano, mañana mismo te compro tu guitarra*.

VI

fue una noche maldita. mariano se echó atrás mío y me la metió, y mientras me hacía el amor yo lo veía peleándose en la calle de las pizzas como un verdadero hombrecito y me sentía muy orgulloso de estar en la cama con un bacán de esquina miraflorina que no vacila en pelarse el pellejo para salvar el honor de su vieja: *nadie me menta la madre, conchatumadre.*

fue rico y emocionante y arrechante y doloroso, todo a la vez.

mariano todavía sangraba un poco por la nariz y se quejaba de los dolores de la bronca, pero así y todo estaba suavecito, todo mío, echados los dos en mi colchón cero kilómetros, acariciándonos y diciéndonos *me gustas, me arrechas, métemela, métemela,* mientras afuera lima seguía durmiendo a duras penas y en alguna esquina estaba a punto de reventar otro coche bomba más.

mariano. digo tu nombre y ya me siento mejor. mariano: nombre con sabor a cremolada del curich, a marihuana, a sánguche triple del silvestre, a cebichito en la herradura, a la rica coca, a la sangre de tus labios.

te extraño, mariano.

no debí dejarte ir. debí seguirte. debí ir contigo a madrid. debimos perdernos juntos, seguir hasta el final, destruirnos (tú cantando en el metro, yo escribiendo mis rencores), amarnos con coca hasta que la muerte nos dijera basta.

pero te fuiste. y yo me quedé solo. haciendo plata en la televisión. alejándome del mundo asqueroso de los tiros. y jugando a no ser gay. levantándome hembritas. tirándomelas sin ganas. acostándome con ellas mientras pensaba en ti.

¿no te parece increíble, mariano, precioso, que la vida nos haya separado tanto que ahora ya ni siquiera sé si estás muerto? así es la vida, guapo. uno sueña con ser feliz, pero solo se da cabezazos en la pared. yo sigo soñando. y todavía te quiero y te digo *gracias por las pocas veces que me amaste y me hiciste sentir tuyo, mariano, mi amor.*

por supuesto le di la plata para que se comprase una guitarra nueva. porque por esos días yo andaba siempre forrado de plata. me pagaban mis ricos dolarillos en la televisión, así que estaba paradazo. no me acuerdo bien cuánta plata le di. creo que doscientos cocos, pero de repente fueron trescientos, da igual. la cosa es que fuimos juntos al banco de miguel dasso, yo entré y él se quedó afuera porque yo prefería que el cajero no me viera con ese flaquito putón y coquerazo que iba a dejarme mal parado frente a mis dignísimos amigos del banco wiese. y yo saqué los dólares de mi rica cuenta que seguía engordando porque la tele deja plata, corazón (deja plata pero te haces famoso y entonces estás perdido porque ya no la puedes disfrutar tanto), y le di la plata a mariano y él me agradeció emocionadísimo y me dijo que se iba a comprar una guitarra marca no sé qué chucha, importada, la más bacán, y que con esa guitarra iba a dar un conciertazo de putamadre el próximo sábado, y yo, orgullosazo, sacando pecho, dándomelas de mecenas criollo, aspirante a millonario que estimula a los jóvenes talentos locales, cojudo yo, le di doscientos o trescientos morlacos y luego

112

lo invité a tomar desayunito al davory, donde tragamos unos huevos revueltos con jugo de papaya que a mí por supuesto me dieron hipo (los huevos revueltos, no sé por qué, siempre terminan dándome hipo) y a él lo mandaron de frente al baño (porque parece ser que la combinación de cervezas de noche y huevos revueltos por la mañana es francamente asesina).

digo *cojudo yo* porque, por supuesto, el bribón de mariano no se compró ninguna guitarra con esa plata. o sea que me metió la mano (y yo feliz). dicho sea de paso, me acuerdo ahorita de un día, hace una punta de años, cuando jugaba fútbol en la selección del colegio, un día en que jugamos un partido amistoso contra un colegio fiscal, o sea un colegio de morenitos que la rompían, creo que el melitón carbajal, y en pleno partido hubo un tiro libre y yo, que veía mucho fútbol en televisión y me sabía de memoria las alineaciones de todos los equipos argentinos, hice lo que hacían los más pendejos del fútbol argentino, o sea, fui corriendo a la barrera de los morenitos, porque el tiro libre era a favor de nosotros y lo iba a patear el finado guerrero, que murió cuando se cayó el avión de alianza lima, fui corriendo a la barrera contraria y me paré ahí entre los morenitos para estorbarlos un poco y para impedirle al arquero rival una buena visibilidad (hay que ver, pues, cuántos goles de pelota muerta se han metido así, usando esa triquiñuela que, astuto yo, traté de poner en práctica), y fue entonces cuando uno de los morenitos, aprovechando que yo le estaba poniendo el culito ahí, justo delante, me metió la mano despacito, y me pellizcó riquísimo el poto, y me dijo *qué rico tu chancho, flaquito*, y yo me desarmé de golpe y se me fue todito el fútbol argentino que había visto por televisión y tuve ganas de quedarme ahí paradito para que el pícaro cholito siguiera metiéndome la mano todo el partido: pellízcame el popó, cholón, gánate conmigo, méteme tu pichina sin circuncidar. pero no, pues, corazón: uno era un caballerito y delante de sus amigos del colegio no podía quedar como un maricón, así que lo empujé al morenito y le dije *¿qué tienes, huevón?*, y me alejé muy machito de la barrera deseándolo a morir a ese cholón mañoso y manoseador.

mariano no se compró la guitarra. ahora que lo pienso, no me sorprende para nada. el pobre era un drogón de campeonato. la plata le quemaba las manos, como a mí. lo primero que hacía cuando estaba forrado era correr a comprar coca, patinársela en drogas. así fue: me dijo que se iba a comprar la guitarra y yo le dije *perfecto, yo voy un rato a casa de mi padres y más tarde nos encontramos aquí en mi depa.* pero cuando nos encontramos, mariano no llegó con una guitarra ni con una flauta ni con una armónica siquiera: el puto llegó con un pacazo de coca, el paco más grande que yo había visto en mi vida. por supuesto, no bien vi esa montaña de coquita-rica-purito-cristal, me puse en fa, ya me estaba bailando la lengua como una víbora en celo.

antes había ido a matar un par de horas a casa de mis señores padres, de paso que almorzaba rico.

llegué y la empleada me abrió la puerta y yo me senté en la sala como un príncipe. la empleada me trajo una limonada y yo *gracias, teresa,* y ella *de nada, joven, para servirlo,* y con las mismas se arrancó hacia la cocina porque ella sabe que cuando estoy cruzado, como entonces, no quiero conversar nada más que lo mínimo indispensable, o sea, *buenas, teresa, gracias, teresa,* punto, nada más, porque, eso sí, yo no soy como mi madre que se pasa horas conversando con las empleadas en la cocina.

estaba yo sentadito tomando mi limonadita y leyendo mi *comercio,* parte C, tranquilazo en la sala de mis viejos, donde hay infinidad de fotos familiares y retratos de santos y cuadros de la virgen y cinco meses antes de la navidad ya están armados el pesebre, la bajada de reyes y la chucha del gato, en esas estaba cuando se apareció mi madre y se sentó a mi lado y me dio un beso más bien seco y desganado, y yo por adentro *uy, chucha, está asada la doña.*

porque esa cara no miente, mamá. a las claras se nota que estás cruzada conmigo. *okay.* ¿cuál es el problema? canta, mamá. y qué viva el papa polaco.

y ella me mira y me mira y me mira con una cara indescifrable, y no me dice nada, y yo la miro y sonrío y pienso *por favor, mamá, deja de mirarme así que esto parece uno de esos concursos de la tele en los que la gente se mira muy seria y el que se ríe primero pierde.* pero ella sigue mirándome serísima y sufridísima y luego de mirarme un rato que se me hace interminable, habla por fin: *gabriel, quiero hablar contigo.*

gabriel, quiero hablar contigo, me ha dicho mi madre, y yo dejo la parte C del *comercio* y le digo muy tranquilo, muy *cool,* porque no quiero perder la calma aunque ella me diga barbaridad y media, *dime, mamá, soy todo oídos,* frase que me suena de lo más juguetona. es obvio que a ella le jode profundamente verme tan relajado a la una de la tarde leyendo mi parte C y que el mundo se vaya al carajo. *dime, mamá, soy todo oídos.* y entonces ella, con el ceño fruncido y las manos entrelazadas, ella trata de controlarse pero no puede y me dice con voz cortante *ayer vi tu programa y francamente me dio vergüenza, gabriel.*

es raro que mi madre haya visto mi programa. nunca lo ve. dice que sufre mucho viendo a su hijito hablando tantas inmoralidades y sandeces en la televisión. a mi adorado hermano manolo le tiene prohibido ver el programa. manolín se caga de risa viéndome furtivamente y a veces le pide permiso para verme, pero ella nada, firme, intransigente, bien apegada a su religión y a su rosario y a sus cuchumil estampitas de todos los santos: *no, amor, tu hermano está descarriado; gabriel se ha dejado llevar por el materialismo y los deseos animales; gabriel ya no sabe lo que dice, porque no piensa, no usa la cabecita que dios le dio y que tantos dones le regaló, y él tendrá que responder ante nuestro señor por haber hecho mal uso de sus dones, como en la parábola de los dones, ¿te acuerdas, mi cielo?; y ahora ándate a dormir nomás y olvídate de gabriel, que tú no vas a ser como él, tú vas a ser un profesional universitario y un hombre hecho y derecho, mi vida, besito a tu mami, chup, chup, chau, mami, chau, mi cielo, no te olvides de darle las gracias al señor, ¿ya, manolín?*

y entonces yo, sonriendo así, medio cachaciento, le digo *¿por qué te ha afectado tanto mi programa anoche, mamá?*, y ella, superelegante con su vestidito celeste y sus zapatitos blancos y su collarín de perlas, me dice *por la barbaridad que dijiste anoche, gabriel, me has hecho sentir muy avergonzada de ti, y eso es algo que ningún hijo debería hacerle a su madre; yo nunca había tenido vergüenza de un hijo mío, gabriel, pero anoche ya fue demasiado, ya te pasaste de la raya,* y ahora se está poniendo furiosa y empieza a mirarme con mala cara, con cara de *lárgate de la casa, pecador empedernido, y no quiero verte más por acá, que este es un hogar cristiano,* y yo, siempre sonriendo a medias, como quien no quiere la cosa, como quien dice *ay, mamá, ¿otra vez vas a empezar con tu sermón de las tres horas?*, le digo *¿a qué te refieres, mamá?*, y ella con su vestidito larguísimo y superconservador que le llega casi hasta los pies, *porque eso de andar mostrando los jamones es tentar a los hombres con el pecado de la carne, pues, hija,* me dice *tú sabes muy bien a qué me refiero, hijito,* y se me queda mirando así con sus ojos de fanática-religiosa-dueña-de-la-verdad, y yo tengo unas ganas feroces de decirle *caracho, mamá, déjame leer el periódico y si estás aburrida ándate al jardín a rezarte un rosario, pero no vengas aquí a complicarme más la vida,* pero me quedo callado y

116

ella también y de nuevo es como una competencia para ver quién habla primero, el que habla primero pierde, y yo tranquilo nomás me muerdo la lengua y la miro un ratito y agarro mi periódico y hojeo el suplemento de los deportes y entonces ella se pica y pierde, porque habla primero y me dice *hay que ser bien bruto y bien ignorante para hablar así de la iglesia, gabriel.* ay chucha, *touché*, chúpate esa, ya me tiró una patada en la zona genital, ya me dijo *bruto* e *ignorante.* yo trato de seguir tranquilito y sonriendo todo cachaciento pero ya no es tan fácil porque en el fondo estoy hirviendo de rabia por tener una mamá tan intolerante y tan dura y tan incapaz de reírse (porque el fanatismo y el humor son absolutamente incompatibles, digo yo), y como se me ha calentado la sangre le digo *mamá, si me vas a insultar, mejor me voy de la casa*, y ella, ya cruzadaza y con su mirada de fanática vivan el papa polaco y monseñor escrivá santificado a todo cuete, con su carita de loca religiosa que aplaude de pie y a rabiar los sermones del padre alcázar, con su carita de *te odio por ser tan ateo, hijo*, me dice *no te estoy insultando, gabriel, te estoy diciendo tus verdades*, y yo sonrío y le digo *me acabas de decir «bruto» e «ignorante», mamá, y creo que tú no eres precisamente la persona más indicada para darme lecciones de cultura.* au, chúpate esa, toma, ampara. y ella por supuesto siente la pegada y me mira indignada y me dice *hay que ser muy ignorante, pues, gabriel, para decir eso que dijiste anoche en tu programa*, y yo *¿a qué te refieres, mamá?, no sé a qué te refieres*, y ella *me refiero, pues, a la barbaridad que dijiste contra los sacerdotes*, y yo *¿qué?, ¿contra los sacerdotes?, ¿de qué estás hablando, mamá?*, y ella *¿cómo te atreves a insinuar en televisión que los sacerdotes tienen relaciones entre ellos?, ¿cómo te atreves a decir semejante barbaridad?, ¿cómo te atreves?, qué vergüenza, dios mío*, y yo me río todo burlón y le digo *ay, mamá, no es para tanto, fue solo una broma*, y ella *eso no es una broma, gabriel, eso es un*

117

insulto a la iglesia, y yo *ay, mamá, no seas exagerada, además todo el mundo sabe que hay un montón de curas mañosos que...* *cállate, hijo, cállate*, me interrumpe ella, con la cara desencajada, ya gritando, *¡no te atrevas a hablar mal de la iglesia delante de mí!, ¡no te atrevas a repetir lo que dijiste anoche en la televisión!, ¿cómo puedes ser tan sinvergüenza?, ¿cómo un hijo mío puede ser tan ignorante, sí, ignorante, para decir esas asquerosidades?, ¡vergüenza debería darte!*, y yo *mamá, si me vas a insultar y gritar, mejor me voy de la casa*, y ella *sí, mejor vete, no quiero que te quedes a almorzar, no voy a poder tragar bocado viéndote la cara*, y yo *okay, perfecto, me voy, si me botas me voy, y de paso te doy un consejito: mejor no veas más mi programa, porque tú no tienes sentido del humor*, y ella *no, yo sí tengo sentido del humor, pero no me dan risa tus bromas insolentes y malvadas*, y yo *chau, mami*, y ella, como cuando yo era un niño, *despídete con besito*, y yo *no, gracias, no tengo ganas*, y salgo de la casa sin cerrar la puerta y tomo un taxi y pienso *no regreso más a este manicomio, cada vez que vengo aquí salgo destruido, chancado, jodido.*

me muero de hambre. subo a un taxi y le pido que pare en el kentucky y me compro al vuelo un sánguche de pollo con harta mayonesa porque estoy superautodestructivo y si por mí fuera me trago enterito un pomo familiar de mayonesa y me suicido de una buena vez. llegando al depa, me quito la ropa y me tiro en el colchón y me aviento una siesta deliciosa. ay qué rico es dormir la siesta cuando has tirado bien la noche anterior. uno duerme con el paquete relajado, sabiendo que ha cumplido su deber, que se tiene bien ganada la siestacha.

¿y quién me despierta cuando ya está oscureciendo? mariano, por supuesto, no trae ninguna guitarra (nunca se compró la guitarra, pero sí dio el concierto el sábado famoso y con guitarra prestada) y me despierta con tres timbrazos que me hacen saltar de la cama y correr a la ventana en calzoncillos y chequear así, escondido, para ver quién es, no vaya a ser un pelotudo que viene a joder, el afilador, el cartero o una de esas admiradoras arrechas que a veces me traen regalitos que luego yo boto a la basura o se los regalo al portero, y entonces veo a mariano en su casaquita de cuero y su pelito largo y recontracelerado, nerviosón, mirando hacia arriba a ver si aparece mi delgada silueta en calzoncillos, ay, mi romeo, mi romeo adorado, corro a la cocina y *pasa, mariano, pasa*, y vuelo a mi cuarto y me pongo el *blue jean* ajustadito que me saca potito (uno tiene que hacer esfuerzos para provocar a la muchachada nacional, pues, caray: compréndanlo a uno que solo necesita un cachi rico) y le abro la puerta putísimo yo en *jeans* al cuete y sin polito, con las tetillas al aire (ay, cómo me gustaba que me chupases las tetillas y me las pusieras duritas de la pura arrechura), y sale mariano malandro y armadazo del ascensor y entra con el pacazo y le doy un beso y le siento el sabor a coca y él hace unas muecazas bravas y se acerca a la ventana y me dice *he comprado un chamo buenazo, estoy pilas*, y yo *a ver, juégatelo*, y él saca su billetera y se saca la casaquita de cuero toda vieja y gastada como la del chico de la moto y saca el pacazo que lleva dentro, una bolsita con un tamal de coca, y me enseña el pacazo y se ríe y me dice *sírvete*, y yo *gracias*, corro a mi cuarto, saco mi electoral, me meto dos, cuatro, seis tiros al hilo, qué rico, y él jala también, y a los diez minutos estamos de cemento y con una sed nazi y yo tomando agua de caño porque no tengo cocacolitas y él haciendo muecazas y yo le cuento el pleito con mi vieja y él se caga de risa y me dice *no le hagas caso, tu programa es un deshueve*, y yo, durazo y arrechazo como estoy (porque a veces la coca me pone tan nervioso que la sola idea de tirar se me mete a la cabeza como un virus y no hay cómo sacármela de encima), lo agarro en seco al mariano y lo beso fuerte y él *au, suave*, porque todavía

119

le duelen las heridas de la bronca en la calle de las pizzas, y así, durazos como estamos, nos tiramos en el colchón y cachamos, primero él a mí, después yo a él, y jadeamos y sudamos y nos manchamos y el cuarto huele fuerte pero es rico estar así, cachando y cachando y sabiendo que una vasta legión de admiradoras espera mi aparición en televisión un rato más tarde. pobres chicocas despistadas, si supieran que soy gay y que jamás me acostaría con ninguna de ustedes, gorditas arrechas de colegio fiscal que se mojan pensando en ricky martin y escuchando su radio mar, bien chévere el ronco, amiga.

todavía duros y ya debidamente cachados, nos levantamos y nos duchamos y seguimos jalando y yo en un ratito tengo que ir a la tele, pero qué diablos, el perú es un país lo bastante informal como para darse el lujo de salir duro en televisión hablando huevada y media, y eso a la gente le parece un deshueve, porque las chiquillas y las señoronas ni cuenta se dan, y los compadres más avispados a lo mejor se dan cuenta pero a ellos también les parece todo un detalle que el loco barrios salga durazo y haciendo muecas monazas en su pequeño y arrebatado programa.

mariano y yo seguimos jalando y nos vestimos y no les puedo describir con palabras lo bien que me siento de haber hecho el amor con él y lo mal que me siento de tener que ir a la jodida televisión (odio la televisión, no quiero salir nunca más en televisión, lo que siempre he querido es escribir lo que me salga de los cojones y caminar tranquilo por las calles para estar siempre atento a ver si pasa un guapetón bien agarrable o una chiquilla deliciosa, que las oportunidades son contadas y la vida se pasa volando, hija).

me visto rápido con uno de mis lindos ternitos (tengo infinidad de ternitos, todos comprados fuera del perú por si las moscas, yo no me visto con ternitos de larco *avenue*, corazón) y mariano sigue metiéndose tiros y ese paco es tan grande que no se va a terminar nunca, y yo solo porque estoy duracell y con la lengua loca, culebrilla, le digo *¿por qué no me acompañas a la tele?*, y él *ya, de putamadre, vamos juntos* (porque ya saben ustedes que mariano a cualquier hora no tiene nada que hacer).

así que al ratito nomás salimos mariano, yo y el pacazo de coca (o, en orden de importancia, el pacazo, yo y mariano), y bajamos y saludo al cholo huamán con la debida cordialidad, y el cholo *¿qué tal, don gabriel?, suerte en su programa*, y yo *gracias, hermano, gracias*, y él *lo voy a estar viendo, ah, yo no me pierdo su programa*, y yo, haciendo unas muecazas bravas, *chau, hermano*, y por adentro *si supieras cholo que soy tan gay, que acabo de tirar con mariano y que si me ves caminando así todo apuradazo no es por un hondo sentido de la responsabilidad sino porque tengo coca hasta en los huesos.*

paramos un taxi desvencijado y le digo *al canal cinco por favor* y por supuesto el taxista *¿y, gabrielito, quién va hoy a tu programa?* (porque a mí en lima me reconocen hasta los ciegos, ya estoy jodido de por vida en el perú).

gran conversa por supuesto entre el taxista y yo, él *felicitaciones por tu programa, gabrielito*, yo *gracias, hermano, se hace lo que se puede*, y él *pero el show de la movida también está chévere, compadre*, yo *sí, pues, hermano, lo que pasa es que yo no puedo competir con las tetas de la verónica castro*, y él se caga de risa y me dice *pero tú tienes tu chispa, gabrielito, no hay nada que hacer*, yo *más o menos nomás, más o menos*, y él *oye, gabrielito, ya que estamos en confianza, ¿cómo es la cosa con el pocho noel?*, y yo por adentro *putamadre, antes me jodían con el loco alan y ahora me joden con la loca noel, estoy jodido, me voy a tener que ir del perú*, pero sonriendo, tratando de hacerme el gran bacán de la televisión, aunque durazo y con ganas de llegar al canal para meterme unos tiros más, le digo *no, hermano, pocho es mi pata nomás, lo que pasa es que los periódicos inventan para vender*, y él *ese gabrielito, te pasas flaco, ah, mi señora y mi hija toditas las noches te ven, ni un programa tuyo se pierden,* y yo *mándales saludos, hermano, muchos cariños de mi parte,* y él, abriendo la guantera, buscando un papel en blanco entre los muchos papeluchos grasosos que tiene ahí metidos, *oye, gabrielito, no sé si será mucho pedir pero a lo mejor me puedes dar un autógrafo para mi señora y mi hija,* y yo *claro, hermano, con muchísimo gusto,* y él encuentra el papel y saca un lapicerito todo resbaloso, todo sudado, aj, y me los da y yo *¿cómo se llaman?,* y él *mi señora, edith,* y *mi hija, fiorellita,* y yo *a ver, a ver,* y escribo «para edith, con cariño, gabriel barrios», y luego «para mi amiga fiorella, con cariño, gabriel barrios», y por supuesto me siento un grandísimo huevón y le devuelvo los papeles y él *gracias, gabrielito.* y a todo esto mariano va atrás con una cara de marciano bravo, porque cuando está armado mi mariano se mete en su mundo astral, se va a otra galaxia, y hay que darle un par de tiros más para despertarlo.

así, embaladazos y en plenas muecas deschavadas, llegamos al canal cinco, el canal de las estrellas, y el taxista *listo, gabrielito, llegamos,* y yo *¿cuánto te debo, hermano?,* y él *no, pues, gabrielito, ¿qué te voy a cobrar?,* y yo *no, hombre, por favor, todo trabajo se paga,* y él *bueno, ya, gabrielito, dame una luquita nomás,* y yo le pago y bajo al toque, *chau, hermano,* y mariano baja durazo y con cara de no saber dónde coño está y entramos al canal pisando fuerte, yo saludando a los guachimanes como si fuese el presidente entrando a palacio, o sea, distinguido, sonriente y seguro de mí mismo, porque como se sabe las estrellas de la televisión nunca dejan de sonreír (incluso cuando duermen siguen sonriendo).

¿quiénes vienen hoy?, le pregunto a una de mis productoras, la ladilla de culo de adriana mariño, una amargadaza que todo el día fuma y tiene un aliento bravo de

anticuchera de cementerio (no tú, irenita, que hueles a rosas, a ti te adoro), y ella me mira con cara de pánico y me dice que nos falló no sé quién chucha, y la pobre está recontrapálida y fumando como china en quiebra porque el programa arranca en media hora y yo *tranquila, adriana, no te preocupes, aquí he traído conmigo a un gran invitado*, y señalo a mi carnal mariano, que sonríe todo despistado, y adriana le da la mano con su cara de perra-amargada-sobona-del-gerente, tremenda lameculos la adriana mariño, traidora jodida que por un mínimo aumento de sueldo te clava la puñalada artera, y yo le digo *mariano es uno de los mejores rockeros de lima, tiene un grupo, los ilegales, que hace una música excelente*, y adriana *ay, no me digas, no tenía idea, qué suerte porque nos habíamos quedado sin invitado*, y yo *siempre hay invitados, adriana, no te preocupes, confía en mí*, y ella, ya más tranquila, zafa feliz hacia su cuartucho donde se pasa el puto día haciendo llamadas a su multitud de amigas aguantadas y fumando como energúmena, y yo me arranco de frente al baño y mariano viene detrás de mí y nos metemos un par de tiros y yo le digo *trata de no hacer muecas en la entrevista, ¿okay?*, y él *¿qué?, ¿me vas a entrevistar?*, y yo *claro, ¿no escuchaste lo que le dije a adriana?*, y él, sonriendo como un niño, *chucha, qué deshueve, primera vez que salgo en televisión*.

entramos durazos al cuarto de maquillaje, y la maquilladora *hola, gabrielito, qué milagro tan temprano*, porque yo suelo llegar faltando tres, cuatro minutos para el programa, y me siento ahí frente al espejo y ella como siempre me echa mi base y mi polvito y mis chapas y mi *lipstick* para que los labios se me vean rojitos, puteriles, y mariano me mira no sé si asqueado o asombrado y luego la maquilladora, una gorda bien leal, no me acuerdo de tu nombre pero desde aquí un saludo cariñoso, gordita simpaticona, la maquilladora me busca la caspa feliz de la vida, busca y rebusca con sus uñazas de vieja gata en celo. a la tía le encantaba rebuscarme el pelo a ver si me encontraba caspa, y es que por su culpa yo tenía montañas de caspa: ella fue quien me peinó una vez con los infectos peines que usaban las niñas burbujitas del programa infantil «hola, crayola» y me pasaron una caspa tan grande que parecía *corn flakes*. pero por suerte *ahora no, gabrielito, ya estás curado de la caspa, sigue usando tu reacondicionador pantene y échate yema de huevo con limón de vez en cuando*, y yo *gracias, gracias*, y por adentro *tu vieja se va echar yema de huevo, mi gorda*, y me levanto y mariano *ni cagando, yo no me maquillo*, y ella *unos polvitos nomás para que no se le vea el brillo, joven*, y él con cara de pendejerete *bueno, un polvito sí me dejo*, y los tres nos cagamos de risa, y ella lo maquilla rapidito y sin mucho esmero a mariano, y no bien salimos del jodido cuarto de maquillaje empapelado con fotos de juan gabriel y josé josé y el puma y manzanero, de nuevo al baño y otro par de tiros para estar bien inspirado en la presentación del programa.

y saliendo del baño, *gabriel, gabriel, apúrate, un minuto*, y corro hacia el estudio y me ponen el micrófono y me prenden todas las malditas luces y las chiquillas del público me miran y se ríen y me hacen *chup, chup*, besito volado, y yo les hago *hola, hola*, pero estoy durazo y ellas ni cuenta, y veo en el monitor la infecta telenovela venezolana que está terminando, y detrás de las cámaras mariano camina supernervioso, y yo lo llamo y le digo *dile a adriana mariño que te consiga una guitarra en utilería*, y él *¿quién chucha es adriana?*, y yo *la cojuda que me saludó cuando entramos*, y justo entra adriana y me pregunta *¿todo listo?*, y yo *sí, todo okay*, y luego *adriana, consíguete una guitarra al toque para que cante mariano*, y adriana *listo*, y corre con sus tacazos putanescos ahuyentando a las feroces alimañas y pericotes veteranos que se pasean por los pasillos de ese viejo canal, y se sienten pasos, se sienten pasos, *¡créditos!*, grita alguien, y los camarógrafos *vamos, gabrielito, suerte, gabrielito*.

y a las diez en punto, el camarógrafo bigotín que tiene un ala brava me dice *en el aire* y me veo en el monitor y me arreglo la corbata y hago una muequita que es como un guiño de complicidad para mis amigos coquerazos del *pub* el olivar y *buenas noches, ¿cómo están?, hoy tenemos un gran programa para ustedes* y la chucha del gato. y todas las chiquillas cojudas se ríen con las huevadas que digo, que no son pocas, porque cuando estoy armado de coca digo un torrente, un manantial, una catarata de huevadas. y luego presento a mariano con grandes elogios: *un músico talentoso y original que me ha impresionado muchísimo, uno de los mejores rockeros peruanos, el cantante de los ilegales, un conjunto que hace una música estupenda, nada más y nada menos que mariano lavalle; un aplauso fuerte para él; mariano, adelante por favor,* y mariano entra cancherazo y durazo y nos damos la mano y sonreímos y nos miramos a los ojos y yo pienso *qué cague de risa, mariano, hace un par de horas estábamos tirando en mi cama y jalando coca fina y ahora estamos aquí haciendo espectáculo en la televisión peruana, there is no business like show business, darling.*

cosas así solo pasan en el perú, corazón. solo en ese alucinante país de la improvisación y la criollada puede uno invitar a su amante coqueado a la tele y hacerle una entrevista dulzona y encima el público te aplaude a rabiar, porque el público siempre te aplaude cuando le coqueteas un poquitín: el público, si no lo sabes aún, es una puta perdida.

la entrevista salió de putamadre. hablamos toneladas de huevadas (pero quizás con cierta gracia). nos cagamos de risa. adriana trajo la guitarra en comerciales. mariano y yo nos paramos y corrimos al baño y nos metimos cuatro tiros cada uno y regresamos al estudio. y estoy seguro de que los camarógrafos se dieron cuenta de que mariano y yo estábamos en algodón, porque es muy raro eso de ir corriendo al baño con tu invitado en los comerciales, los dos van y vienen en un minuto y luego se sientan y se limpian sospechosamente la nariz y se cagan de risa y las chiquillas después aplauden igual, porque ni cuenta se dan las muy despistadas.

esa noche, ante miles de miles de televidentes aplatanados que nos veían rascándose la panza en sus humildes hogares, el loco mariano cantó sus mejores canciones. y aunque la guitarra del canal era una vergüenza y él estaba tieso y la voz le salía un poco grave y las manos le temblaban y a veces se le escapaba una muecaza, la verdad es que cantó de putamadre. lo aplaudieron a rabiar, le pidieron *otra, otra, otra.* y cantó otra. y yo me sentí muy orgulloso de ti, mariano. porque me hiciste un programa a puro corazón. y porque así, flaquito, despeinado y con tu casaquita de cuero negra, así, maltrecho como estabas, me demostraste que, de no haberte resignado a ser un maldito coquero, hubieras podido triunfar como cantante.

cantaste cojonudamente, precioso. me sentí orgulloso de ti.

VII

pienso en ti, nathalie.

me veo caminando contigo por larco. tú, bajita, con tus *jeans* apretados, tu soberbio culito durito, tus reebok negras, tu pelo rubito, ligeramente enrulado. te veo sonriendo con esa sonrisa traviesa que me encantaba.

esa tarde nos encontramos en la pastelería sueca. creo que era un sábado. yo estaba vagando por miraflores. las tardes de los sábados, si no quieres pasarlas con tu familia, si no quieres matarlas viendo estupideces en la tele, te puedes aburrir mucho en lima. porque tampoco quieres meterte en un cine pulgoso de miraflores. no quieres. prefieres salir a caminar, hojear los periódicos internacionales en el quiosquito cerca del cesar's (y digo yo que había que ser bien huachafo para ponerle cesar's a ese hotel de miraflores), prefieres meterte a la vieja librería studium a ver si está en la caja el flaquito distraído que es perfecto para robarse un libro delgadito de alianza editorial y así, poquito a poco, con la paciencia y laboriosidad de una hormiga, ir juntando una apreciable biblioteca robada íntegramente de esa librería y en el turno del flaquito distraído que, por otra parte, apostaría plata a que se le chorrea el helado.

así, vagando, pateando latas, caminando esas angostas calles de miraflores, llego como quien no quiere la cosa

127

a la pastelería sueca. decido entrar porque me gusta cómo huele ese sitio y porque a veces va gente bonita y, ya basta de hipocresías, porque el hijo de los suecos que abrieron ese café hace una punta de años es un rubito altazo y churrísimo que a veces se da una vuelta por ahí y cuando lo veo, ay, me quiero morir, me quiero convertir en oreja de chancho, en biscotelita, para que me muerdas tú solito, sueco rubito.

me siento en una mesa del fondo. no tan al fondo, porque apesta a baño, y los baños de la pastelería sueca no huelen precisamente a sueco, más bien huelen a escalera del estadio nacional, o sea, a meado, a la gran caca. sereno yo con mi carita de distraído, me siento en una de las mesitas anaranjadas y grasosas y cruzo las piernas como una señorita limeña debidamente educada con *charm*, gracia y estilo en la academia de margarita checa (y un saludo a todas las puticas que estudian con la tía margarita checa, que de lo más peripuesta ella les enseña cómo pelar un plátano con tenedor, ay qué lindas, qué pizpiretas, yo les puedo enseñar cómo pelarme el plátano sin tenedor y solo con la boquita, mamonas) y llamo a uno de los mozos, que son todos gordinflones y sudorosos y engominados, igualitos que los del cafetín solari, que deben de ser los mozos más piojosos de todo miraflores, la puta que los parió: ¿por qué no reparten un poquito de nopucid, eficaz tratamiento antipiojos, entre esos mozos abnegados que atienden en la barra del solari, digo yo?

llamo al mozo delicadamente y el tío se me acerca caminando así, medio escaldado, con su camisita blanca que hace siglos no conoce lo que es un poquito de detergente extrapoder y me da la carta toda grasosa haciendo un gesto tipo *otro rosquete que viene a tomar su sopita de cebolla y a hablar de diplomacia, caracho*. es que una importante cantidad de gays de la comunidad diplomática limeña se da cita en la pastelería sueca para analizar el fin de la guerra fría *y cámbieme esta manzanilla que está muy fría, señor mozo*, y yo sin ver la carta *me trae un pionono con manjarblanco y una limonada, por favor*, y él sin decirme nada se da media vuelta y regresa todo engominado y escaldado a la barra donde hay tantos dulcecitos que son una delicia, porque no se puede negar que las señoritas tenemos una pasión loca/loquísima por los dulces blanditos y esponjosos y rellenos hasta el tope de manjarblanco y crema pastelera y mejor no sigo porque ahorita me matriculo con margarita checa para graduarme de pastelera y ponerme chancha de comer miles de miles de pirulines de chocolate, ay, me puedo morir.

al ratito regresa el mozo con mi pionono deli y yo sufriendo porque odio estar así sola, sentadita y famosa mientras de las otras mesas me miran y cuchichean a mis espaldas y yo sé que están rajando de mí, diplomáticos desgraciados, locas de clóset, yo sé que están diciendo *este chico qué barbaridad para haberse rebajado a hacer un programa tan chabacano cuando se ve que ha tenido buena educación*. rajen nomás, mamones, no me importa. algún día les voy a demostrar que, a diferencia de ustedes, soy un gay con los cojones bien puestos, algún día voy a asumir sin complejos mi homosexualidad y me van a mirar con respeto, señores miembros de la academia diplomática que tanto saben de geopolítica y tan poco de cómo levantarse a un churro que te haga feliz por la noche, cuando tu cama está fría y nadie te consuela, corazón. (y un saludo a todos los diplomáticos tan injustamente purgados por el solo hecho de ser gays, qué injusticia digo yo, mi más activa solidaridad con ustedes, chicas del servicio. y cuando se animen, organicemos un campeonato relámpago de vóley y nos reímos a carcajadas y nos olvidamos un ratito del mundo unipolar, ay, qué barbaridad, cómo se nos fue así tan rápido el comunismo, te diré, hija, que yo a veces lo extraño porque la cosa estaba como más parejita cuando el comunismo era un cuco nuclear).

me traen mi piononito con su manjarblanco más (perdonen que hable así como *brownie*, pero es la nostalgia por el perú de mis amores) y me lo como despacito porque una no quiere parecer una plebeya hambrienta comiendo así *ñam, ñam, ñam*, sin modales, sin educación, no, pues, una come así, refinadita y despacito como sueca pastelera, hay que dar ejemplo de buena educación para que los *brownies* aprendan, hija. y en esas estoy, pensando que después de todo no está tan mal vivir en esta ciudad donde hay tantos feos y donde una puede morir despedazada si tiene el infortunio de pasar por la esquina donde va a estallar el próximo coche bomba (esto de vivir en lima se ha vuelto una lotería, chicas), cuando en eso veo a una chica rubia y enruladita y en su *blue jean* ajustadito y caminando así toda apurada y me digo *ay, nathalie, me puedo morir, no te vayas sin mí, espérame, hija, que tenemos que hablar horas del churro de tu hermano que me tiene loca de amor y que hoy no me ha llamado en todo el día, de lo castigador que es el mariano de mis amores que ya no me deja vivir en paz, todita mi paz me la ha arrebatado el malo, tan churrito y flaco desgarbado él, malo, malo, cómo te quiero, canalla.*

así que me paro apuradísima y corro hacia la puerta y el mozo me mira con cara de *oe, flaco ratero, no me hagas perromuerto, pues, carajo, que te correteo y te hago meter preso,* y yo le digo *ahorita vengo, señor, voy a saludar a una amiga,* y él se queda perplejo porque no está acostumbrado a que un señorito como yo lo trate de *señor,* y salgo corriendo a la calle fría y fea (porque larco cada día se pone más fea, qué horror la cantidad de mendigos y pirañitas y orates semidesnudos que pululan por esa céntrica avenida miraflorina) y digo (no grito, porque las damas no gritan,

pues, hija, ¿qué es eso de estar gritando en pleno miraflores *melody?*), digo *nathalie, nathalie,* y ella para y voltea y
me alucina y se ríe con su sonrisa cachacienta y yo ay, qué
emoción, y dejándose de mariconadas: qué rica está la chata, está para hacerle tremendas mañoserías, y la nathalie
se me viene así, corriendo, y me abraza y me da un chape
en el cachete *brother* y hacemos una escena de telenovela
argentina (de lo más andrea del boca abrazando a su novio en el aeropuerto yo), y los diplomáticos cabriolas me
miran medio desconcertados y cuchichean a mis espaldas,
ya los escucho diciendo *esa debe ser la pantalla de barrios,
el muy pendejo se las da de playboy pero tú y yo sabemos que es
una locaza conocida, pues, hijo.* ladran, sancho, señal de que
avanzamos (y date prisa que nos van a morder los perros,
sancho).

   hola, nathalie, ¿qué andas haciendo?, le digo yo de lo
más cariñosa y cordialísima, y ella *aquí, nada, vengo de casa
de una amiga,* y yo *¿adónde ibas tan apurada?,* y ella *a mi casa,*
y yo *¿no quieres acompañarme a tomar un lonchecito?,* y ella
ya, mostro, y las dos pasamos a la pastelería sueca mientras
los mozos le miran el poto a nathalie y los diplomáticos
me lo miran a mí, y nos sentamos en mi mesita anaranjada
y grasosa y yo inmediatamente llamo al señor mozo y le
digo a nathalie *pide lo que quieras, ah,* porque yo soy así,
generosa, abierta, totalmente abierta, *pídete un pionono, que
está riquísimo,* y ella *ya, un pionono con una bolita de helado de
vainilla,* y yo *qué buena idea, para mí también una bola de helado, pero de chocolate,* le digo al mozo, que mira a nathalie
con su cara de sátiro bravo que debe de manosear parejo
a sus trece hijitas en la covacha de esteras donde seguramente vive, y el mosaico se retira escaldado y engominado
(aj, ¿por qué se ponen tanta gomina y tienen tantos piojos
los mozos limeños?), y nathalie, de lo más chiquilla can-
chera miraflorina, me mira así, a los ojos, con su sonrisa

pendeja de fumona y me dice *¿qué tal, pues, choche, qué novedades?*, y yo siento que la cojuda se muere de ganas de agarrar conmigo, pero yo no tengo ganas, yo solo quiero seguir comiendo mi piononito y sintiéndome una señorita (porque cuando me vuelvo muy varón me hago daño, chicas, ustedes saben cómo es ese *cherry*).

y entonces le digo *aquí, aburrido, matando la tarde, ¿y tú qué tal?*, y ella *regular nomás*, y me mira así, con sus ojitos de pescadito triste, y yo *¿por qué regular?*, y ella *porque ayer tuve un cherry con mi enamorado*, y yo *¿pero no era que habías peleado con él?*, y ella *bueno, sí, pero siempre es así, peleamos y después amistamos*, y yo *¿qué pasó ayer?, ¿por qué pelearon?*, y ella *gracias* le dice al mozo y mete una cucharadaza en el pionono y se la lleva a la bocaza de mamona (parece que está con un hambre nazi la chibolita) y me dice *peleamos porque él se armó y a mí me jode que se pichanguee cuando está conmigo*, y yo *¿tú no le entras a los tiros, nathalie?*, y ella *o sea, sí me gusta, y de vez en cuando me pichangueo, pero no me gusta armarme cuando estoy con coco*, y yo *¿quién es coco?*, y ella *coco es mi enamorado, pues*, y yo *ah, no sabía su nombre, sorry*, y ella *lo que pasa es que coco está demasiado metido en la pichanga y me preocupa un huevo que no pueda salir, no sé si te acuerdas que te conté que dos patas míos cayeron con coca en italia*, y yo *claro, claro*, y ella *bueno, esos patas eran amigazos de coco y él estaba medio metido en el negocio y la verdad que yo quiero sacarlo de ese mundo, gabriel, porque me da miedo que un día lo agarren y lo metan preso*, y yo *tienes toda la razón, nathalie, no hay que jugar con fuego, eso siempre termina mal*, y ella *¿pero tú también te metes tus tiros, no?*, y yo *bueno, sí, pero solo de vez en cuando*, y ella *igual yo, lo hago como un complemento nomás, pero igual me vacilo sin tiros*, y yo *la verdad es que yo prefiero mil veces fumarme un rico troncho*, y ella se caga de risa y palmotea mi pierna (suave, enana mañosa, no busques pleito que te agarro a pingazos y te hago llorar, ya sabes) y así, cagándose de risa, me dice *eres un fumón, gabriel, el otro día te vi en tu programa y estabas estonazo,* y yo *¿viste cuando te mandé saludos?,* y ella *no, no vi, ¿no friegues que me mandaste saludos?,* y yo *claro, eres una falla, nathalie,* y ella *es que me quedé dormida, estaba con un sueño nazi y no llegué hasta el final, pero cuenta, cuenta, ¿qué dijiste?,* y yo *nada, una cojudez, te mandé un beso o algo así,* y ella *cuenta, pues, no te hagas el interesante conmigo,* y yo *creo que dije algo así como «ya sabes, nathalie, nos vemos mañana en el parque»,* y ella se caga de risa y me dice *eres un conchudo, gabriel, no sé cómo te atreves a salir estonazo en la televisión,* y yo *¿viste anoche a tu hermano?,* y ella *¿dónde?,* y yo *en mi programa, pues,* y ella abre sus ojazos y me mira con cara de *no jodas, pues, no me cochinees,* y dice *¿qué?, ¿el mariano salió en tu programa?,* y yo *claro, lo entrevisté y cantó mostró,* y ella *¿jura?, ¿jura?,* y yo *te juro,* y ella *pucha, qué pena, cómo me lo perdí, no me habían comentado nada,* y yo *no me sorprende, nadie ve mi cojudo programa,* y ella *cuenta, cuenta, ¿qué tal estuvo el mariano?,* y yo *estuvo mostro, cantó mostro,* y ella se caga de risa y dice *tienes que enseñarme el video, choche, tienes que enseñármelo,* y yo *claro, claro, de todas maneras,* y por adentro *¿dónde estarás ahorita, mariano?, te extraño; una aquí solita comiendo su pionono con manjarblanco y tú seguro fumando bates con el billy y el harry, ensayando tus canciones para el concierto de la noche; te odio, rockero, y también te extraño un chuchonal.*

¿pedimos la cuenta?, le digo, porque ella ya terminó de zamparse su pionono con helado (cómo tragas, chibola, parece que te tienen al hambre en tu casa con olor a mondonguito), y ella *claro, vamos de una vez,* y yo, superdelicada y refinada (clases podría dar yo en la academia de margarita checa, clases de *charm* que me viene de la cuna, chicas), superrefinada, levanto así el brazo y llamo al mozo y el tío viene rapidito y le digo *la cuenta, por favor,* y él,

conchudazo, saca la cuenta en su cabezota de pedro pica-
piedra y me dice cuánto es y yo, caballero nomás, saco mi
billeterita medio arrugada y con partículas de coquirri en
los pliegues (les juro que a veces tan desesperada estoy por
un poquito de coquirri que lamo y lamo los pliegues de mi
billetera a ver si encuentro unos puntitos de coca rica que
me haga sentir angustiadaza después) y le pago con esos billetes tan cochinos que tenemos los peruanos (¿por qué no
usamos dólares mejor?, ¿no sería todo más lindo?, qué rico
meter tu *quarter* al teléfono público en vez de esas apesto-
sas fichas rin que están todas llenas de cólera bacterial) y
listo, le digo a nathalie, *vamos*, y las dos salimos caminando
apuradísimas y potonas y los diplomáticos nos miran, ¿qué
miran, envidiosos?, sigan hablando mielda, comemieldas.

y ahora estamos nathalie y yo caminando por larco.
vamos rápido, a paso así, superligero, y yo le digo *cuén-
tame cómo es coco*, y ella *¿cómo que cómo es?*, y yo *o sea, cómo
es físicamente, pues, ¿es muy churro?*, y ella *uf, churrísimo,
para chuparse los dedos*, y yo *cuenta, cuenta*, y ella *¿por qué,
ah?*, y yo *por nada, curiosidad nomás* (porque todavía no me
he atrevido a contarle a la chibola que soy medio gay, no
quiero descomputarla así de golpe, todo a su debido tiempo y si es con vaselina mejor, que duele menos) y ella me
dice *es medio bajito, no tan alto como tú, pero es maceteado,
tiene un cuerpito regio, y de cara es superpintón, se maneja su
piedra el desgraciado*, y yo por adentro *ay, me puedo morir,
qué ganas locas de conocerlo y de darle mi popó para que se monte una rica cabalgada*, y entonces le digo *¿qué tienes que hacer
ahorita, nathalie?*, y ella *nada, nada, ¿por qué?*, y yo *¿por qué
no llamas a coco y nos vamos a tomar un trago los tres?, yo invito*, y ella *pero estoy medio peleada con él*, y yo *llámalo, pues, no
te hagas la difícil, bien que te mueres de ganas de verlo*, y ella
se caga de risa y me dice *okay, lo voy a llamar, de paso que te
conoce, se va a cagar de risa contigo*.

y seguimos caminando por larco las dos de lo más locas recién escapadas del manicomio larco herrera y yo chequeo las zapatillas de nathalie y ya están pidiendo sos esas zapatillitas, pues, hija, en mi próximo *shopping* en miami te compro unas tenis nuevas para que no te veas así de pezuñenta cuando larqueemos juntas, ¿ya?, qué barbaridad, pues, caracho, una tiene que mantener bien en alto su reputación (qué puta me siento cada vez que escribo *reputación*, yo de chiquita debería haber tomando clases de reputación en vez de esas tan aburridas de computación, donde no entendí nada, porque a mí dame mi pacman y no me compliques la vida, corazón).

como decía, vamos así, regias las dos, y la gente nos mira porque todos los cholifacios que pasan por larco me reconocen al vuelo, famoso soy yo, el chico pendejerete de la tele. si supieran la loca brava que llevo dentro, qué desilusión tan horrible se llevarían todas mis fans que tanto me quieren y se alborotan cuando sale mi póster en *teleguía* a todo color, lindo yo, sonriendo de lo más galán pendejeril.

y no bien llegamos al edificio de nathalie le digo *tú llámalo, yo te espero abajo mejor*, y ella *¿por qué?*, *sube nomás*, y yo *no, mejor me quedo aquí abajo*, y ella *¿qué?*, *¿estás peleado con el mariano?*, y yo *no, nada que ver, pero prefiero quedarme aquí*, y ella *bueno, como quieras, choche*, y yo *dile a coco para encontrarnos en el beverly*, y ella *¿dónde queda eso?*, y yo *es una pizzería en san isidro donde se toma una sangría buenaza, queda por camino real*, y ella *uf, qué rico, qué ganas de tomarme una sangría heladita*, y yo *apúrate, nathalie, no te demores*, y ella *ya, al toque, ahorita vengo*, y yo *¿no tendrás un tronchito para cagarnos de risa con coco?*, y ella se caga de risa y dice *espérame, ahorita bajo*, y sube corriendo y yo me muero de ganas de subir corriendo con ella y meterme al cuarto de mariano que a lo mejor está durmiendo una siestacha y deslizarme así, despacito, en su cama y buscarle su pinguita rica y hacerle cariñito y sentir cómo se pone durita y meterla en mis labios carnosos y *chup, chup, chup*, chupeteársela rico mientras él duerme y a lo mejor sueña conmigo. y no quiero que la dé en mi boca porque no me gusta quedarme con el saborcito amargo, prefiero bajarme el lonpa y ponerme chantadito esperando castigo y sentir cómo, *zip*, me la mete por atrás y me la empuja, *zuiqui, zuiqui, zuiqui*, hasta que se viene calientito en mis más recónditos adentros. ay, me puedo morir, mariano, te extraño horrores, hijo, ¿por qué me dejaste así solo y abandonado y sin norte alguno en este valle de lágrimas? llamen a los bomberos que me mato, llamen a 911 que me corto las venas y me tiro de la azotea y que me coman los buitres voraces de una buena vez.

al ratito nomás baja la loca nathalie con una carita de pendeja brava y me dice *listo, hablé con él*, y yo *¿qué dice?*, y ella *que en media hora nos encuentra en el beverly*, y yo *mostro, qué bacán*, y ella *te vas a cagar de risa, el coco es buenísima gente*, y yo por adentro *yo lo que quiero es verlo calato a tu coco, mamita, porque se me hace, es una intuición que me nace de la baja espalda, se me hace que tu coco está buenísimo, como para hacerle infinidad de cositas ricas.*

vamos caminando medio sin rumbo y la Natalie saca un tronchito ya debidamente roleado y me lo enseña con una sonrisa pendejaza y yo *mostro, te pasaste, nathalie, me moría de ganas*, y ella, cagándose de risa, *yo también, yo también*, y nos metemos por una de esas callecitas malandras y tranquilazas que bajan hasta el club terrazas y con toda la concha del mundo prendemos el batecillo y fumamos rico, tosiendo bastante y cagándonos de risa porque solo en miraflores puedes fumar tronchos así, con toda la concha del mundo, y cuando llegamos al terrazas ya estamos estonazos y se está poniendo el sol ahí abajo, en el mar que huele a mierda (mar traicionero que se tragó a mis morenos del alianza, carajo), y contemplamos el *sunset* estonazos, calladitos, y en eso, *zum*, nathalie se me viene encima cual piraña asesina y me mete un chape bravo, y yo me dejo nomás, y ella me lengüetea que da miedo (qué brava eres, chata, esa lengua tuya parece clítoris, desgraciada) y me chupetea rico y yo me acuerdo de su coquito rico y le digo *vamos de una vez al beverly, no hay que llegar tarde*, y ella me dice *¿adónde?*, y yo *al beverly*, y por adentro *puta, estás estonaza y ya te olvidaste hasta de tu nombre, chata, no te pases, pues, está bien que fumes pero no te pases de bruta conmigo, chatirri.*

así que paro un taxi de lo más refinado yo y *¡taxi, taxi!*, gritando así en pleno *sunset* y con la natural mariconada que se me chorrea cuando he fumado un troncho, y una vil carcocha frena en seco con una concha olímpica (porque en lima se puede frenar así donde a uno le dé la chucha gana) y los dos corremos y subimos al taxi/carcocha y yo le digo al chofer *a la virgen del pilar, por favor,* y el cholón me mira por el espejo y arranca y maneja rápido con su radiecito prendida en una salsa pegajosa y me chequea de nuevo por el espejo y yo voy mirando por la ventana como quien no quiere la cosa (no jodas, pues, cholón, no me metas letra, déjame vacilar mi bate tranquilo) y nathalie también va mirando por la ventana, con la ventana abajo y todo su pelito rubito y enrulado revoloteando con el viento, de lo más volada ella, y el cholón, era inevitable, *¿y, gabrielito, quién va hoy a tu programa?*, y yo *no, hoy es sábado, hoy no hay programa*, y como estoy fumadazo me sale una voz grave, machaza, y él *claro, claro, tienes razón, hoy no hay programa*, y de nuevo me computa por el espejo y yo prefiero no mirarlo porque cuando estoy estón me cago de risa por la más liviana tontería y no quiero que el cholón compute que soy un fumón bravo.

callados nomás vamos los tres, yo creo que el cholón ya ha computado que la chata y yo estamos en un soberbio viaje astral, y cuando llegamos al beverly, le pago con unos inmundos billetes peruanos, que si les hacen un examen bacterial seguro que tienen cólera, tifoidea, lepra y sida ahí infectando la cara del ceñudo prócer bolognesi, y el cholón *suerte en el programa, gabrielito, a ver si me mandas un saludo*, y yo *claro, claro, ¿cómo te llamas, hermano?*, y él *teófilo cajahuaringa alpiste*, y yo *okay, teófilo, el lunes te mando un saludito*, y él *gracias, gabrielito, te pasas de vueltas, flaco, sigue así*, y yo *chau, hermano*, y cuando se arranca el cholón, nathalie y yo nos cagamos de risa *y yo a tu vieja le voy a mandar un saludo, cajahuaringa, arráncate nomás a caja de agua, huevón*, y nathalie se caga de risa porque está voladaza, se ríe vulgarmente y yo le digo *no hagas tanto escándalo que en el beverly me conocen*, y ella se pone más serial y claro, pues, una tiene que cuidar su imagen pública, una vive de su imagen, corazón.

mejor nos sentamos aquí afuerita, le digo a mi chibola nathalie, porque no quiero entrar así estonazo al beverly y que los viejos gerentes de bancos con sus respectivas esposas, tan atildadas ellas, me vean en estado inecuánime y acompañado de una chibola con pinta inequívoca de comepingas, así que nos sentamos en las mesitas de afuera y ay, qué bienhechora esta brisa fresca que corre en lima, no hay como el clima templadito de mi lima querida, y al toque nomás sale un mosaico para atendernos, porque los mozos del beverly ya me computan de antaño y me tienen cariño, y el mosaico *buenas, don gabriel, qué gusto verlo*, y es que no hay como ser estrella de la tele cuando vas a un restaurante, siempre te dan la mejor mesa y te atienden con el debido respeto, y yo *¿qué tal?, ¿qué tal, don ernesto?, nos trae una jarra grande de sangría, por favor*, y él *enseguida, don gabriel, enseguida; buenas, señorita*, saluda a nathalie muy atento don ernesto y ella ni se da por enterada porque está en un viaje espacial de putamadre; chinaza y voladaza está la chata ricotona.

al ratito nomás viene el mozo con la sangría y, ay qué rico, está fresquita, heladita la sangría, una estaba ya con la garganta seca/reseca, y la nathalie, bravaza la chata, se baja una copa así como si nada, seco y volteado (suave, chata, no seas nazi que la sangría sale cara), y no bien se va el mozo ella me dice *todavía me parece increíble que tú y yo seamos amigos*, y yo *¿por qué?*, y ella, medio gritando, porque cuando uno fuma habla demasiado fuerte y no se da cuenta, *porque eres recontradiferente a como sales en televisión, y para decirte la verdad a veces me parecías medio atorrante cuando veía tu programa*, y yo, sonriendo bacancito, *sí, pues, yo soy así medio payaso en la tele, pero eso es lo que le gusta a la gente*, y ella se caga de risa y dice *pero en realidad eres de putamadre, choche*, y yo *tú también eres de putamadre, nathalie*.

en eso estamos, así, voladazos y ya con las pilas recargadas por la sangría sabrosa del beverly (no es por nada pero les recomiendo esa sangría, chicas: es deliciosa, no deja resaca y ayuda a relajarse cuando quieres agarrar y medio que te palteas porque estudiaste en colegio de monjas, yo te entiendo, mamita, yo sé cómo joden los prejuicios cuando lo que una quiere es que su machucante le zampe, con el debido amor, una pinga maciza y rendidora), en eso estamos cuando diviso a un chibolo así, bajito y maceteado y rubito, que viene caminando por el fresco, ya está oscuro a todo esto, y ay, me emociono, se me derrite el helado, me suda la espalda, se me va la combi, porque en ese momento, ingenuo yo, pienso *el chico de la moto*, *el chico de la moto*. pero no, qué desilusión, ahora que se acerca más lo computo bien y no es el chico de la moto, pero igual está buenazo, no será el chico de la moto pero está como para ponerle el poto, ay qué horror, ¿qué fue de mi pudor?

y viene caminando el chibolo guapetón y se acerca a nuestra mesa y yo, ay, me puedo morir, ¿de dónde salen estos chicos tan guapachosos, por favor?, ¿dónde viven que nunca los veo?, uno que piensa que en lima ya no hay chicos churros y de repente un sábado por la noche te sale uno de estos rubitos maceteados que corren olas a pechito en punta hermosa y yo por ellos me quedo a vivir toda la vida en lima, corazón, a mí que me entierren en punta hermosa cerca de todos esos coqueros ignorantes pero churrazos y pingones (y ahora de nuevo me viene a la memoria matías, tanto que le gustaba comer su pescadito frito en punta hermosa, tan rico él sacándome cachita porque tenía la pinga más grande que yo).

¡*coco!*, grita nathalie, putísima, feliz, y se para de la mesa y lo abraza al chico churrísimo que yo había creído que era el chico de la moto.

es coco, coquito cordero, el enamorado de mi chochera nathalie. es de una belleza insolente el coco. churrazo. bajito, maceta, cara de *surfer*, mirada pendejeril.

coco, recontracastigador, así como quien no quiere la cosa, le da su chape en la boca a nathalie, que, si no fuera porque hay gente mirando, ahí mismo se la chupa de lo mucho que le arde la chucha cuando ve a su coquito adorado, y yo te entiendo, preciosa, yo sé lo que es tener ganas de verlo vaciarse a tu coco en tu boquita, yo sé lo que es eso, cielo.

yo, caballero nomás, me paro y lo miro a los ojos sin destello alguno de mariconería y le digo *¿qué tal, coco?, soy gabriel*, y él me mira así con una sonrisita pendeja y me dice *¿gabriel qué?*, y yo, chucha, este huevas nunca me ha visto en la tele, *gabriel barrios*, le digo, así todo serial, y él *claro, claro, te estoy vacilando, ¿quién no te conoce a ti, compadre?*, y nathalie se caga de risa orgullosaza de su *man*, que está tan churro, y coco y yo nos damos la mano así, bien hombrecitos, y yo *asiento, asiento*, y qué ganas tengo de sentarme encima tuyo, coquito, y los tres nos sentamos y coco, bacanazo en su casaquita de *blue jean* y con su cara de pichanguero bravo, me mira y me dice *¿y?*, y yo *ahí nomás, tranquilo*, y él recién me está estudiando, y yo lo miro como diciéndole *suave, choche, yo también tengo mi calle, ¿qué te crees?*, y luego, muy amigable, *sírvete un poquito, coco*, y le sirvo su sangría y *salud* y chocamos nuestras copas y yo lo miro al coco y sonrío porque se me sale el gay que llevo dentro y él sonríe también y yo *por el gusto de conocerte*, y él *el gusto es mío, compadre, el gusto es mío*, y nathalie se caga de risa solo porque está estonaza y nerviosaza, las ganas que tienes de encamarte con nosotros y volver a ser la putica que en el fondo eres, chiquilla.

y así chupamos y hablamos huevada y media y coco se revela como un patita pendejo que no habla mucho y me sigue estudiando, y por supuesto me lanza la inevitable pregunta, o sea *oye, ¿y cómo fue que le dijiste loco a alan, compadre?*, y yo le cuento, una vez más, cómo fue que le pregunté al loco de alan si era loco, y así, hablando huevada y media, seguimos chupando sangría y disfrutando de ese vientecito fresco que sopla ahí afuera en la acogedora terraza del beverly, y a todo esto yo pensando *qué bueno está el coco*, y sospecho que nathalie también pensando *qué rico está mi coquirri*, y el coco a lo mejor pensando *qué ganas tengo de hacerle anticucho a mi enana mañosa*, porque ya se sabe que después de un par de copas todo el mundo piensa en el rico sexo que a todos nos aloca, chicas.

y cuando estamos ya los tres medio borrachosos o al menos chispeaditos les digo *¿qué tal si vamos a mi depa, que tengo un champancito importado?*, y ellos *ya, mostro, vamos*, y la verdad es que estamos pilazas los tres, y la idea de tenerlos a ellos dos, chiquillos, duritos, arrechos todavía, coqueros perdidos, sobrados pitucones blanquiñosos, la idea de tenerlos en mi depa me excita jodidamente, y me dan unas ganas bravas de estar ya, ahorita, allí, o sea que llamo a don ernesto y de frente le doy la tarjeta para ganar tiempo, porque sé que lo que quiero que ocurra va a ocurrir, lo presiento, lo veo clarísimo, estos dos son unos aventureros natos que van a dejarse manipular por mí.

pago la cuenta, subimos a un taxi y zafamos culo a mi depa.

yo voy sentado adelante. coco y nathalie van atrás. no sé si van besándose porque no los miro y tampoco me importa. yo voy callado, medio borracho, medio estón, y no me converses, compadre, maneja nomás tu carcocha que no tengo ganas de acordarme de que trabajo en la apestosa televisión, donde ya estoy harto de que me maquillen la cara todas las putas noches, carajo, cualquier día de estos me largo del perú y les juro que nunca más me ven en *teleguía* ni en la columnita de la sombra (lindo la sombra, amigazo él de julio iglesias y de la maja sabida de la chábeli, que está para comérsela a besos).

llegamos a mi depa. subimos rápido. los tres en el ascensor, mirándonos, riéndonos, nathalie y yo medio estones, coco algo borrachín. *ojalá tengas coca, coquito,* pienso en el ascensor, y para qué, está regio el edificio donde vivo, es un edificio moderno y paradito y frente al mar y cualquiera diría que tengo más plata de la que en verdad tengo, lo importante es siempre confundir y escandalizar a la gente, que no sepan por dónde van los tiros, y hablando de tiros ardo en ganas de secarme un poco la nariz con un par de tirolocos que me pongan alerta y al ataque, porque sin darnos cuenta nos hemos bajado, ¿qué?, dos jarras grandes de sangría, y el coquito chupa que da miedo, suave coquito, no seas nazi, guarda hígado para cuando seamos viejos y seamos así, tan feos y arrugados como el tío ese que salió en la tapa del disco de the cure (ahora me acuerdo clarito de que, años después, en una pichanga brava con matías hicimos una montaña de coca encima de la cara de ese tío, y yo vi clarísimo que si seguía en la pichanga iba a terminar así, arrugado y demacrado y hecho mierda, y en ese jodido momento dejé la pichanga, creo que para siempre).

entramos en mi depa. prendo las luces. está desierto: solo mi colchón y mi equipo y mis pocos discos (casi todos son mozart y bach, me encanta escuchar esa música cuando es de noche y lima duerme y uno se siente solo y miserable por haberse quedado a vivir en esta triste ciudad donde los gays somos tan incomprendidos).

de putamadre tu depa, me dice coquito, guapetón él en su casaquita de *blue jean* y sus *jeans* ajustados y yo, ay, no quiero mirarle la entrepierna porque se me hace agua la boca, yo *gracias, gracias, sorry nomás que esté vacío*, y nathalie *mejor, mejor, así podemos hacer una fiestacha*, y coco se caga de risa y dice *no te pases, chata*, y yo abro las ventanas y pongo un disco de mecano (cómo me gusta mi mecano cuando estoy con sangría adentro, la vida es más rica con mi mecano y mi sangría) y me siento en la alfombra y nathalie se pone a bailar así, putísima, poniéndole el poto a coquito, y él, como quien no quiere la cosa, se arranca a bailar con ella y yo me paro y cierro las persianas porque no quiero que nos espíen desde la calle (la coca me está volviendo paranoico, todo el día pienso que un fotógrafo canalla se va a esconder entre los arbustos del malecón y me va a tomar una foto delatora besando yo a un chiquillo y me va a chantajear horrible), y ya están bailando coquito y nathalie, ya se armó una fiestaza, y yo, que también estoy borrachín, me pongo a bailar así, timidón, pegadito a la pared, y ellos siguen bailando, los dos limeñazos pitucos que bailan así, medio achorados, ella poniéndole las tetas y el culo y él moviendo la pinga, tratando de rozarla, de puntearla, mirándola con hirvientes ganas.

143

tremenda fiesta se armó en mi depa.

y en medio del fiestón abro un champancito que me traje de mi último viaje a miami y seguimos chupando y bailando y yo me cago de ganas de decirles lo que hace rato estoy pensando, pero me da miedo asustarlos, y sigo pensándolo mientras bailo pegadito frente a la pared, sobándome el culo con la pared, pensando *qué rico sería tener a un chico guapo atrás de mí.*

entonces (creo que fue la sangría) me atreví.

coco, ven un ratito a la cocina, le dije, y él dejó de bailar y nathalie siguió bailando sola y putísima y los dos entramos en la cocina medio borrachos y nos miramos a los ojos y yo por adentro *qué rico estás, coquito, eres todo mi tipo: rubito, maceta y achorado; por los chicos como tú pierdo la cabeza,* y mirándolo a los ojos le dije *quiero proponerte un negocio,* y él así, con una media sonrisa, como intuyendo por dónde venían los tiros, dijo *habla,* porque los chiquillos pendejos como coco hablan lo mínimo indispensable, *habla,* me dijo, y yo, cagándome de miedo pero también de ganas, bajé la voz, me acerqué más y le dije *si te la comes delante de mí, te doy cien dólares,* y él me miró a los ojos con un brillo malicioso y antes de que me dijese nada supe que iba a aceptar, porque ese desalmado por cien dólares se comía a su hermana delante de mí (y eso es lo rico de trabajar en la televisión y ganar algo de plata: que uno puede jugar a dios con estos pitucos limeños y hacerlos bailar y tirar ahí delante de ti). coquito me miró un rato largo así como estudiándome y me dijo *¿tú no haces nada?,* y yo, seguro de que iba a aceptar, *nada, yo miro nomás,* y él, moviendo así la cabeza como diciendo *ya sabía que eras un mañoso de lo peor, barrios, en la televisión se nota clarito que eres un enfermo,* me dijo *okay, paga por adelantado y si te metes con ella te saco la entreputa,* y yo, sonriendo tranquilo, *coquito, relájate,* y conchudamente me atreví a pasar mi mano por su pelo rubito, así como quien no quiere la cosa, y él sonrió, dócil mi angelito, que cuando quieras te la corro, y yo le dije *espérame, ahorita vengo*.

fui a mi cuarto, abrí mi clóset, saqué la plata, regresé a la cocina y le di los cien dólares.

coco no dijo nada más.

salimos de la cocina y seguimos bailando y coco le dio bastante champán a nathalie y al ratito ya se la estaba chapando ahí, delante de mí, y yo me senté en la alfombra, de espaldas a la ventana, y vi cómo él le empezó a manosear las tetas, la fue apachurrando, le fue arrimando el piano mientras mecano cantaba; vi cómo la besuqueó en la boca, en el cuello, en el pecho; cómo le empezó a acariciar las tetas, echados ya en la alfombra, nathalie estonaza y borrachaza y sin saber bien dónde estaba, sabiendo solo que quería tirar rico con su coquito, y él le abrió el pantalón y se lo bajó y se echó encima de ella y la chupeteó y le mordió el ombligo y mordisqueó sus muslos duritos y le lamió despacito el coñito hasta hacerla gemir de placer, y luego se bajó la braqueta y se sacó la pinga grande, gorda, durita, con la cabecita afuera, y entonces sentí que se me ponía dura, y comencé a tocarme mientras coco la torturaba a su chata mañosa, porque no se la metió de golpe, y ella mojadita reclamaba pinga a gritos, pero él no, pendejazo, le pasó la pinga por los labios carnosos de la chuchita, se la pasó una y otra vez, como si fuese desodorante en barra, y ella vibraba de placer, los ojos cerraditos, el cuerpo enterito pidiéndole pinga, y coquito canchero y coquerazo y castigador poniéndole la pinga y esperando el momento y yo no puedo más, me la estoy corriendo, y él se la hunde en el húmedo coñito y empieza a moverse y yo solo veo el culito blanco de coco moviéndose delante de mí y la voy a dar, la voy a dar.

VIII

después fuimos los tres caminando al cielo. mariano cantaba esa noche. no teníamos coca, y la verdad que provocaba meterse unas líneas, porque era mucho más sabrosa la noche en lima con un poco de coca en el bolsillo.

yo hubiera jurado que coco tenía su coca bien escondida y no quería invitar. cabrón, encima de que te he dado cien cocos, ni siquiera me invitas tu chamito.

nathalie seguía voladaza. le había sentado bien el polvo. se veía relajada, feliz la chibola. le importaba un carajo haber culeado delante de mí. ni siquiera sabía que el pendejo de coco había cobrado por cepillársela sobre mi alfombra.

caminamos por la pardo. carros que son vejestorios, huecos descomunales, grotescos edificios, bancos cerrados, cafés demasiado iluminados, el bingo de los solitarios, las putas y las ratas mirándose. pero así es lima. y si no te gusta, arráncate a miami.

no nos cobraron por entrar al cielo. el extraterrestre buena gente me hizo las bromas pendejas de siempre y me dejó pasar. coco y nathalie pasaron nomás atrás de mí, conchudazos. yo solo tenía dos cosas en la cabeza: quería coca y quería acostarme con mariano. esa misma noche.

uno nunca sabe cuándo se termina todo. no dejes para mañana lo que puedes hacer hoy. y por más que me la había corrido viendo culear a los dos ardientes pichoncitos en mi depa, igual (o por eso mismo) seguía con ganas de mariano.

pero mariano no estaba cuando llegamos. no estaban él ni su puta banda de fumones, los ilegales.

deben estar armándose, pensé.

el cielo estaba repleto. porque, para qué, el coqueto de mariano tenía su jale entre los chiquillos de miraflores y san isidro y los cerros de la molina. o sea, tocaba maldito y sus canciones como que ya se habían hecho conocidas, aunque las radios nunca las pasaban, supongo que porque las letras eran demasiado insolentes para esas radios manejadas por huevastristes que nunca se atreven a poner una canción que diga las cosas como son. dejen de gritar, descerebrados, dejen que la música hable sola y cállense la bocaza.

nathalie, coco y yo nos sentamos en una de las pocas mesas que quedaban vacías, porque como les digo el cielo hervía de mamitas y debutantes, ya se sabe que un sábado por la noche salen todos los gansazos que estudian en la richie y la san martín y que alucinan que ya pueden juntarse con nosotros, los que movemos las fichas. no, pues, nene, no porque te pongas tus makarios y tus *jeans* lee imitación vas a competir con nosotros. igual sigues siendo un *brownie* ala brava (y échate colonita agua brava a ver si te baja el ala brava, cariño).

lleno de igualados y rockeritos de acequia y coqueros de fin de semana y chibolas aspirantes a secretaria está el cielo. buen negocio debe de hacer el dueño. porque al mariano y los fumones de su banda les pagan algo simbólico. con las justas les alcanza para comprar un chamito y pagar sus deudas. pero ellos no lo hacen por la plata. ellos lo hacen por el placer de tocar sus canciones arrebatadas delante de ese público de lameculos que de todas maneras se le va a echar a mariano esta noche.

¿a qué hora llegas, mariano? te estoy esperando, cariño. estoy yo aquí derritiéndome por ti, tu fan número uno, tu incondicional, la misma de ayer. tempranito he llegado al concierto para ver cómo coqueteas con chicas y chicos, porque ya sé que tú no tienes bandera, cabrón. solo te pido que al final te quedes conmigo, ¿ya? te llevo a mi depa y nos abrimos otra botella de champancito y nos remojamos la lengua en chamito y nos ponemos en fa y a cobrar, paso por caja, te pongo el poto y me metes un viaje y luego a la inversa y viceversa, yo para ti siempre estoy *ready*, mi cielo.

nos sentamos los tres en una mesa al fondo y ya me están mirando los más gansos. conchasumadre, joder, no puedo entrar a un puto lugar en lima sin que los huevones me miren con gratuito rencor y algunas hembritas se pongan mironas porque *mira, patty, mira, ahí atrás, te juro que es gabriel barrios, te juro, patty, qué diferente se ve con anteojos, ¿no?* y yo, lo más tímida del mundo, evito el *eye contact* con toda esa muchachada, y como que miro a ninguna parte, clavada en el suelo tengo la mirada, y coco me dice *putamadre, qué jodido debe ser que te reconozcan por todas partes*, y nathalie *es el precio de la fama, pues*, y coco se ríe y dice *sí, pues, el precio de la fama*, y por un momento me parecen los dos unos grandes idiotas que, aparte de ser bastante agarrables ambos (porque gay como soy, no tengo bandera y ya dije que en cosas de sexo soy superflexible y nada dogmática), aparte de ser superagarrables, son medio brutos, medio toscos, no sé si me entiendes. pero ya estamos ahí, y hay que procurar que la noche sea leve, y coco ha tenido el buen tino de no hacerme preguntas personales tipo *¿es cierto eso que dicen de ti?, eso, pues, que eres maricón*. no, todavía no me lo ha preguntado, pero si me lo pregunta, no le voy a mentir, porque ya estoy harto de mentir, se miente mucho en esta pérfida ciudad, y yo me gano la vida mintiendo en la televisión, pareciendo el pendejito y mañosón que en verdad no soy, porque en el fondo soy una señorita de buena familia y acomodada posición social que solo ansía desesperadamente que la hagan feliz a base de pinga y cariño de hombre, cosas ambas que no siempre se consiguen a la vez, pero, puesta a escoger, escojo pinga sin cariño que cariño sin pinga, y no tengo que pensarlo dos veces, hija, que ya estamos viejas para estarnos con hipocresías, pues.

viene el mozo y pedimos tragos para ellos y cocacolita helada para mí y suerte que no le he visto la cara al gordo cara de perro que atiende en la caja, porque esta noche de pronto estoy cansado y decaído y solo quiero que llegue mariano para preguntarle si tiene chamo, y ahora el pendejo de coco se para y dice *ya vengo* y enfila hacia el baño y yo pienso *ah, no, este pendejo no se arma sin pagar peaje*, y me voy a parar cuando nathalie, toda confidencial y amiga íntima y todavía relajado su coñito porque ha recibido metisaca parejo, me dice *¿qué te parece coco?, ¿no es un pase de vueltas?*, y yo *sí, buenísima gente, y además está pintón el muchacho*, y ella, halagadísima, sonríe con una sonrisa puteril y me dice *sí, pues, se maneja su piedra el desgraciado*, y yo *sorry pero tengo que ir a achicar, ahorita vengo*, y me paro al toque y voy al baño enterrando la mirada para que ningún cojudito me suelte una lora necia sobre las cosas que le gustan y no le gustan de mi programa, todo para que al final me diga que él y sus patas de la richie tienen una orquesta y les gustaría un culo ir a tocar a mi programa: *tócame la pinga primero, renacuajo.*

así, enterrada la mirada, voy al baño y entro y para mi sorpresa el coco está achicando. me paro a su lado y me bajo la braguela y estoy espiando el aparato o colgajo o adminículo que hace delirar a la nathalie cuando él me chequea. *¿qué hay?*, me dice, y yo dejo de mirarlo ahí abajo, pero no puedo negar que le tengo ganas al muchacho, se me chorrea el helado porque acabo de ver la pieza lozana que él se sacude con cancha y estilo de bacancito miraflorino, mientras yo me demoro porque no tengo ganas de mear, no quiero achicar sino pedirle a coquito un par de tiros. no seas tacaño, pues, coquín, acuérdate de tus amigos. ay, cómo me pica la ñata un sábado por la noche. la coca es mi perdición. no puedo evitarlo.

¿no tendrás unos tiritos que me invites?, le digo, y él me mira a los ojos y sonríe con su cara de malandrín (¿dónde estarás ahora, coquito?, ¿en qué líos te habrás metido?) y me dice *no tengo, si tuviera te invitaría*, y yo *no seas pendejo, pues, sácate el paco*, y él *te juro que no tengo, huevón, yo nunca le niego el chamo a mis patas*, y yo, mirándolo para abajo, no por sobrado sino porque coco es bastante chato, *te creo, te creo*, y luego *¿no sabes dónde podemos conseguir por aquí?*, y él mira su reloj y se muerde la lengua y me mira a los ojos con unos ojazos así de grandes por la sola ilusión de entrarle al chamo y me dice *aquí nomás a tres cuadras hay un flaco que vende coca legal*, y yo, embaladazo porque si me dicen que hay chamo a tres cuadras salgo corriendo y gano la maratón cafetal, embaladazo le digo *vamos, al toque*, y él *¿y qué hacemos con nathalie?*, y yo *que venga nomás, no hay problema*, y él *ni cagando, la chata me hace roche cuando yo me pichangueo*, y yo *ah, verdad, me había olvidado*, porque ella ya me había dicho que le jodía ver a su coquito pingón metiéndose tiros que lo hacían más bruto y le achicaban la pinga y le quitaban todito el deseo sexual, y él *no importa, hay que decirle que tenemos que ir a tu depa para traer plata o algo así, y la cojuda atraca*, y yo *perfecto, perfecto, vamos*, y él *pero ni cagando que venga, ah*, y yo *ni cagando, coco, ni cagando* (y a propósito, alguien debe de estar cagando en el baño, porque apesta a mierda).

salimos achoradazos del baño, él primero, chato y pendejo, yo atrás, alto y puteril, y caminamos hasta la mesa de nathalie, y yo le digo *nathalie, ahorita venimos, tengo que ir a mi depa que me he olvidado la billetera*, y coco le dice *espérame, chata, ahorita vengo, voy a acompañar a gabriel*, y ella *¿qué?, ¿me van a dejar sola?*, y coco, conchudazo y castigador, *para que nos cuides la mesa, pues, mamita*, y ella, dolida pero aguantadora porque priva por su coquito matador, *ya, bueno, pero no se demoren*, y coco *chau, loquita*, y le jala el pelo así, todo castigador, y yo *chau, nathalie, ahorita venimos*, y salimos al toque del cielo y el extraterrestre me ve salir de nuevo en compañía del coquito guapachoso y se ríe solo nomás porque estoy seguro de que sabe que tengo la huacha floja pero él no me retira su cariño porque el extraterrestre es un tipo de primera.

caminamos callados, las manos en los bolsillos. coco más rápido que yo, apurado, serial, machazo. yo, atrasito. qué rico es caminar por esa calles sucias y peligrosas al lado de un chiquillo ricotón. qué rico es sentirse puto y coquero y perdido. me tienes en el bolsillo, coco. eres todo mi tipo. me podría enamorar de ti. pero no lo voy a hacer porque sé que me despreciarías, que ni siquiera me cacharías por plata. sé que te daría asco tirar conmigo. así me trató matías, y me dejó hecho mierda, y por eso me quise matar. y creo que ya aprendí.

por eso no me hago ilusiones contigo, y sigo pensando en mariano. mariano sí me quiere, sí me agarra con ganas, sin asco. porque lo único que he aprendido hasta ahora es que hay dos tipos de hombres: los que se desviven por una pinga durita y los que sienten asco ante la sola idea de tocar pinga ajena. yo, es obvio, soy de los primeros, y eso lo llevo hasta la tumba y ya no hay quien me cambie (y, por favor, olvídate de inyectarme hormonas, mamá: *too late, darling*).

todo eso pasa por mi cabeza mientras caminamos por esas calles arteras, hasta que coco se detiene y me dice *aquí es, dame la plata*, y yo saco mi billetera y le doy un billetón y él entra a una quinta medio oscura y toca el timbre de una puertucha y yo me quedo afuerita porque no quiero que el *dealer* me compute. (esa es una de las desventajas de ser famoso: cuando quieres comprar coca o marihuana es una vaina porque así nomás no te venden, tienen miedo de que los denuncies en la tele o tengas una cámara escondida en el carro).

coquito habla con el zambo que le ha abierto la puerta y pasa a esa casucha de mala muerte y yo me quedo esperando y hago rechinar mis dientes y me mojo los labios con salivita y pienso *qué rico, no hay como lima, en esta horrible ciudad venden coca en todas las esquinas* (y, de más está decirlo, una coca con calidad de exportación, una coca que, de puro fuerte, si te agarra en un mal día te puede matar).

no te demores mucho, coquito. no la hagas larga que estoy yo aquí sola y de lo más indefensa y si pasan cuatro zambos me van a robar hasta los zapatos, que por más viejos que estén, igual se los roban estos zambos rateros.

ay, qué miedo. siempre me ha dado miedito la oscuridad. *brrrrrr.* me bajo la bragueta y orino ahí frente a un murito en plena vía pública, qué chucha, todo el mundo mea en las calles de esta ciudad, y veo cómo mi meada hace un pequeño riachuelo y corre por el asfalto abriéndose camino, y estoy terminando de mear cuando escucho *listo, vamos.*

es coquito, sonriente, seguro, ganador, pendejazo, con un paco escondido en la casaca. me escondo la pichina rapidito nomás porque no quiero que coquito compute que no soy precisamente *extralarge* y le digo *de una vez hay que probarla.* coquito se ríe y me dice *mejor no, por acá pasan tombos a cada ratón*, y yo *bueno, vamos*, y caminamos embaladazos de regreso al cielo, y yo *¿cuánto te vendió?*, y él *cinco moras*, y yo *chucha, qué rico, cómo me pide el cuerpo una pichanga*.

porque ya dije que hay dos cosas que pide mi cuerpo un sábado por la noche: hombre y pichanga. ya tengo la coca asegurada. ahora solo falta el jinete. no me falles, mariano. eres mi esperanza, la esperanza blanca. no nos ganan, hermano, no nos ganan.

entramos al cielo, no sin antes saludar con el debido cariño al extraterrestre de la puerta que nunca en su puta vida me ha cobrado entrada y por eso lo quiero tanto, y coco me dice *si vamos juntos al baño la chata va a sospechar, primero voy yo y después te paso el paco caleta*, y yo *perfecto*.

coco se va de frente al baño y yo me siento con nathalie, que está bajándose una chelita y loreando con una amiga, bien feona para qué, gordita y cara de olla la cojuda, y nathalie me la presenta y yo le doy besito en el cachete. aj, cómo me cuesta besar a una fea, yo no puedo con las feas, querida, yo, si un defecto no le perdono a una hembrita es que sea fea, agresivamente fea, porque a un chico, en fin, si es pingón le puedes perdonar, en un momento de gran arrechura, le puedes perdonar que sea feo, pero a una hembrita sí que no le perdono la fealdad. y nos quedamos ahí hablando sonseras, y yo chupando mi cocacolita heladita para remojar la garganta antes del chamo que ahorita perfora mi nariz, y coquito debe de estar dándose un banquete con toda mi coca, cabrón, debe de estar metiéndose tiro tras tiro tras tiro, y yo sufro, me desespero, me pongo nervioso, porque necesito la coca ya, ya, y porque sé que el cabrón de coco se va a robar casi todo el tamal y me va a dejar una mierdita que con las justas me va a alcanzar hasta las doce, ¿y después qué?, ¿después quién me levanta, quién me pone las pilas cuando comienza la bajada y uno se pone bruto? no, pues, coquito, no seas así, mira que he sido buena gente contigo.

por fin regresa coquito.

ya está durazo el puto. se nota a la legua. no hace muecas pero tiene otra carita, una sonrisita de noico jodida. y en eso que estamos loreando los cuatro, coquito me pasa el paco por debajo de la mesa (y espero que ninguno de esos balseros de la richie se haya ganado con la operación, y si se ganó, que me la chupe, porque soy coquero y maricón y a mucha honra), y no bien tengo el paco en la mano digo *ahorita vengo, voy a saludar a un pata*, y me levanto y camino hacia la barra y le digo *¿y?, ¿cómo va la cosa?* al cara de chancho que atiende en la caja, y el cojudo, de lo más sorprendido porque lo he saludado así tan confianzudo, me dice *ahí, compadre, bastante bien para qué, no me puedo quejar*, y yo, por adentro, *¿qué te vas a quejar, huevón?, si aunque te quejes igual eres un cagón*, y le pregunto *¿y a qué ahora vienen los chicos de la banda de mariano?*, y él mira su reloj y dice *ya deben estar por llegar, supuestamente el concierto comenzaba a las diez, y ya son diez y media*, y yo pienso *ay, mariano, ¿en qué andarás, joyita?, ¿en qué andarás?*

entro al baño.

mierda, hay tres o cuatro papanatas haciendo cola para mear, y por supuesto todos me reconocen y me meten letra y me hablan huevada y media, simiazos todos, y yo haciéndolos cagar de risa, porque delante de estos huevones me transformo y me convierto en el payasín de la televisión, hasta que por fin uno a uno se van largando, *chau, gabrielito, pásate por mi mesa para tomarnos un trago y presentarte a mi hembrita*, y yo *de todas maneras, hermano*, y por adentro *anda nomás, renacuajo, sigue tu camino*, y cuando por fin se largan todos estos gansazos (ya les dije que un sábado por la noche es una gansería el cielo) recién entonces me meto al cuartucho del wáter que apesta a mierda y cierro con pestillo y qué asco, han cagado y no han jalado, y saco la coca y veo cuánto es y sin duda me ha engañado el hijo de puta de coquito, porque con toda la plata que le di alcanzaba para comprar mucho más chamo, pero qué chucha, al menos tengo para unos buenos tiros, tampoco me voy a poner retrechero y le voy a rebuscar los bolsillos a coquito, y saco mi brevete y *snif, snif,* qué rico, ya siento cómo me sube el chamo a la cabeza, un par más para estar bien armadito, *snif, snif, y* me pongo un poquito más en la lengua y lo saboreo y el cuerpo me tiembla, ay qué rico, soy un coquero perdido, y cierro mi paco y salgo del cuartucho que apesta a mierda y no miro a los dos compadritos que estaban esperando para entrar porque en una de esas me piden chamo y yo no quiero invitar y justo cuando estoy saliendo del baño me encuentro cara a cara con él.

mariano, por fin te encuentro, le digo, y él *gabrielito, qué gusto que hayas venido,* y yo *no me has llamado en todo el día, desgraciado,* y él, riéndose, *sorry, sorry,* y luego bajando la voz *oye, invítame un par de tiros para ponerme las pilas,* y yo *pero hay mucha gente en el baño,* y él *entonces vamos afuera, pero al toque, que ahorita comienza el concierto,* y yo, feliz de estar con mi mariano adorado, le digo *listo, vamos.*

así que salimos del cielo y el portero ya ni me mira porque sabe que estoy en algodón, muy sospechoso es que entre y salga con esa carita que no miente, pues, y mariano y yo llegamos a la esquina, damos la vuelta, nos paramos así, con toda concha, y yo saco el paco y se lo doy a mi flaco coqueto y puteril y él se mete dos tirazos gordazos y yo no puedo más y le doy un beso ahí, en plena vía pública, y él me devuelve el paco y me dice *no te pases, gabrielito* así, cagándose de risa, y yo aprovecho el pánico para meterme un tirito más, porque quiero estar duro, durazo, monstruo.

mariano y yo regresamos al cielo y no bien entramos *¡mariano!, ¡nina!, hola, hola,* grandes abrazos, grandes besos, y yo, celosísima, pienso *¿y qué se cree esta chibola guapísima y tetona que primero me lo abandona a mi jimmy boy y ahora me lo chupetea así a mi mariano, ah?*

no hay derecho, pues: una trabaja duro y parejo para ganarse su pinga justiciera y luego vienen estas advenedizas a quitarnos lo que tan esforzadamente nos hemos ganado.

mariano me dice *mira, te presento a nina*, y yo *hola, ¿qué tal?*, tratando de disimular mi despecho y mirándole el rico pecho, y ella *hola*, y me da, *chup*, un besito en la mejilla, y para qué, nina, estás buenísima, cariño, pero no choques conmigo, *¿ya?*, déjame a mi mariano tranquilo porque si no vamos a terminar jalándonos las mechas y dándonos golpes de teta, hija, no me provoques que me pongo fúrica y me sale la catchascanista que llevo dentro y te hago la tijera voladora y te arranco los ovarios con los dientes, te aviso.

bueno, gabrielito, ya nos vemos, me dice mariano y se va a cantar y nina lo sigue y se sienta en primera fila y él sube al escenario y saluda al público de gansos y estudiantes de secretariado bilingüe y turismo en canoa, y todos aplauden medio borrachos ya, y yo, derrotada y golpeadísima pero bien armada, regreso no a la mesa donde están coquito y nathalie acaramelados, porque no quiero estar con ellos, ya me llegaron al pincho y el tal coco es un hijo de puta que me ha robado casi todo mi chamito, sino que me voy derecho a la barra, donde estoy más cómodo, porque además el chiquillo cholón y guapachoso que atiende la barra los sábados siempre me coquetea y yo feliz de estar cerca de ti, chibolo trabajador, papito empeñoso, confieso que te admiro, cholo industrioso.

paradito en la barra, veo a mariano cantando sus mismas veintiúnicas canciones. y ya no es como la primera noche que lo vi. ahora no me parece tan lindo. ahora lo veo más flaco y más feo y más cagón. igual me gusta fuerte y me muero de ganas de levantármelo después del concierto, pero ya no es igual, ya no hay magia. tal vez es el chamo que me he metido. cuando estoy con coca me siento más lúcido. en cambio, cuando estoy estonazo, como la noche en que lo conocí, todo me parece más bonito.

mariano sigue cantando y yo metiéndome tiros y chupando cocacolitas y coqueteando con el cholo de la barra, que nunca me va a hacer el favor de empujármela, porque obviamente no es gay, pero que se vacila coqueteando conmigo porque sabe, a diferencia de sus amigos, que *el barrios es medio rosquete, hermanito, te juro, yo lo computo pues de la chamba, siempre está así, riéndose y mirándome aquí abajo y diciéndome «qué bien te ves hoy, julito, cada día te ves mejor, se nota que estás con buen físico», te juro compadre que así me dice el barrios, me mira la pinga con ojos de carnerito degollado y me dice «cada día te ves más joven, julito». por dios que es bien cabrito el barrios, pero así, cabrito y todo, es buena gente el pata, a veces me ha traído regalitos, una vez me regaló este reloj swatch bien tiza, ese barrios se pasa, ¿total?, lo que haga con su culo es problema suyo, ¿no?*

ya estoy como una roca, no más de media hora me demoro en ponerme bien durito.

al ratito mariano se aburre de cantar sus mismas canciones de siempre y baja del escenario y lo aplauden y de frente viene a mí y me dice en el oído, así, sudadito y flaquito y todo mío, me dice *vamos al baño.*

va al baño y yo lo sigo, y julito me mira de lejos nomás porque sabe que los dos somos unos pichangueros bravos, y él no, julito es un muchacho trabajador y esforzado que día a día da lo mejor de sí en bien de la patria y de sus seres queridos, lindo mi julito poniendo su granito de arena en aras del bienestar nacional.

mariano y yo entramos al baño y nos metemos al cuartucho del wáter que apesta a mierda y yo saco el chamo y se lo doy y él se mete dos tiros y yo le digo *estás cantando de putamadre*, pero se lo digo solo para subirle la moral, porque me he pasado toda la primera parte del concierto coqueteando con julito y espiando a la víbora de la nina que me amenaza feo y que en honor a la verdad está riquísima, y después me meto un par de tiros mientras mariano se mete el dedo a la nariz y se lo lame, y antes de salir lo abrazo y le zampo un beso así, coqueados los dos, qué rico, y le digo *después del concierto te vienes a mi depa*, y él *sorry, gabrielito, pero ya quedé en salir con nina*, y yo, haciéndome el cojudo, *¿nina?, ¿qué nina?*, y él *nina, mi hembrita*, y yo, au, cómo duele, agárrenme que me desmayo, *¿tu hembrita?*, y él *ajá, la chiquilla esa que te presenté cuando entramos*, y yo *ajá*, y bajo la mirada y él *sorry, gabrielito, pero hoy no puedo*, y sale del cuartucho y zafa del baño y yo me quedo ahí mirándome en el espejo con mi cara de coquerazo. sudo y sudo y siento cómo me golpea fuerte el corazón. mierda, cómo sudo: me suda el ala, me suda la frente, me sudan las manos, todo me suda cuando estoy así, armado y angustiado porque nadie me quiere. me echo agua en la cara y salgo del baño y voy a la barra y le pido *julito, una cocacolita más*, y él *ahorita, gabrielito*. y yo, desesperada, angustiada, despechada, con ganas de ir adonde la condenada de nina y jalarle las mechas y decirle *puta, puta, ¿cómo te atreves a quitarme al hombre que le daba sentido a mi vivir?*, celosa y alicaída, yo me acerco a julito cuando me trae la cocacola y le digo *oye, julio, ¿a qué hora terminas de chambear?*, y él, sonriendo, *a las dos y media, gabrielito, ¿por qué?*, y yo *¿no quieres venirte a mi depa cuando termines para tomarnos un trago?*, y él *gracias, gabrielito, gracias, pero termino leña y tengo que tomar varios carros para llegar hasta mi casa, tú sabes que yo vivo lejos, gabrielito*, y yo *okay, julito, no te preocupes*, y por adentro *chibolo pendejo, lo que pasa es que sabes que te quiero chorrear la mano, ¿no?* y entonces veo a mariano ahí conversando y abrazándose con la guapachosa de nina justo antes de subir a cantar y me siento horrible, asquerosa, coquera, toda sudada, sola, sin amor, sin el cariño y la complicidad y la comprensión de un hombre que me haga feliz, y me dirijo a la puerta, derrotada ya, perdida toda ilusión, y salgo del cielo sin despedirme de nadie, maldiciendo a esa maloliente muchedumbre de cabrones, lobazas, malparidos y *burriers* de cinco mil dólares.

¿qué pasó, gabrielito, no te gustó el show?, me dice el gracioso extraterrestre que hace de portero, y yo, tratando de sonreír (pero es jodido sonreír cuando uno está tan triste: apenas me sale una mueca patética), le digo *no, no es eso, sino que no me siento bien*, y el marciano buena gente *acuéstese temprano, gabrielito, la mala noche mata*, y yo *gracias, gracias*.

y voy caminando a mi depa. solo. derrotado. durazo. con ganas de largarme de esta ciudad. no voy a poder dormir. ¿para qué mierda voy a echarme en la cama a rebotar? odio rebotar. un día me voy a tirar por la ventana solo para no seguir rebotando. no te acuestes, chino. olvídate de mariano. solo fue una ilusión. pensaste que era tu hombre y no fue así. es otro cabrón más que al final se va con una de ellas. no te acuestes y sigue armándote, que aún tienes coca en el bolsillo. veo un taxi, lo paro y le digo al taxista *al malecón, por favor, y si no le molesta, por favor apague la música*, y él hace una mueca jodida y apaga la radio y la carcocha avanza a duras penas haciendo un ruido demencial y yo tengo más ganas que nunca de irme para siempre.

no puedo seguir siendo gay y coquero en lima. me estoy matando. lima me está matando.

no llores, gabriel. las lágrimas, cuando estás armado, saben feo. son amargas. chupo mis lágrimas amargas mientras el taxi avanza lenta y ruidosamente camino al malecón.

Índice

Otros títulos
de la colección
Jaime Bayly

Colección Jaime Bayly

Los últimos días de *La Prensa*

Colección Jaime Bayly

Yo amo a mi mami

Colección Jaime Bayly

La mujer de mi hermano